光文社文庫

文庫書下ろし

世田谷みどり助産院
陽だまりの庭

泉ゆたか

KOBUNSHA

光　文　社

この作品は光文社文庫のために書下ろされました。

世田谷みどり助産院

Setagaya Midori Midwifery Clinic

陽だまりの庭

目次

第一話

おっぱいが足りない？

1

——あれ？　お腹《なか》が痛いかも……。

井上真由美《いのうえまゆみ》はキッチンのシンクを拭いていた手を止めた。

どんどん激しくなる痛みに、慌ててお臍《へそ》の下あたりに掌《てのひら》を当てた。そこは分厚い脂肪に覆《おお》われていて、触るとたぷんたぷんと音がするのではと思うくらい弛《たゆ》んでいる。

真由美の脳裏に、まるで木の根っこのような赤い妊娠線《にんしんせん》だらけの自分のお腹が浮かんだ。

もうすぐ出産してから三週間が経《た》つ。なのに大きくなったお腹は半分くらいしか元に戻っていない。さらに妊娠前よりも十四キロ増えた体重は、たった三キロしか減っていない。

出産を終えたら嘘のようにすっきりして身軽になり、生まれてきた赤ちゃんのお世話に全力で向き合えると思っていたのに。

真由美の身体《からだ》は相変わらず、ずっしりと重いままだ。

寝起きに身体を起こすときは「ううう」と苦しい呻《うめ》き声が漏れるし、立ち上がるときは思わず「よっこいしょ」と言ってしまう。

「い、痛い……」

真由美は思わず声に出して呟《つぶや》いた。

いつの間にか、額に冷たい脂汗《あぶらあせ》が滲《にじ》んでいた。

出産後、大きくなった子宮《しきゅう》は元に戻ろうと収縮する。そのときの痛みを後陣痛《こうじんつう》というらしい。

その名のとおり、まるで陣痛のような鋭《するど》い痛みを感じる場合もあるという。

真由美は、この後陣痛がかなり強く出る体質のようだった。

出産の次の日は、下腹をペンチで捻《ひね》り上げられているような激しい痛みに耐え切れず、廊下で倒れてしまった。

しばらくは産院で処方された強い鎮痛剤が手放せず、今でも時々、こうして息ができないほど強い痛みに襲われる。

あまりに強い痛みが続くので、どこか身体の調子が悪いのではと不安になった。

産院に電話で相談したら、二、三の質問をされた後、対応してくれた看護師さんに「もう少し様子を見ましょう。妊娠、出産に伴うことは、個人差が大きいですからね」と、呑《のん》気《き》な調子で受け流されてしまった。

「ううう」

真由美はキッチンの床にうずくまった。

刺すような痛みに、浅い息をして膝を抱えた。

――痛い、痛いよう。

昼に食べた野菜ラーメンの量が多すぎたのかもしれない。もしかして、このスウェットパンツのウエストゴムがお腹を締め付けすぎているのかも……。

いくら頭を働かせようとしても、とにかく「痛い……」という言葉に押し流されてしまう。

出産後にこんなに痛いことがあるなんて、まったく知らなかった。誰も教えてくれなかったし、真由美自身も出産後のお母さんの身体の不調のことを、積極的に知ろうとしなかった。

妊娠中は、とにかく無事に出産することしか頭になかった。赤ちゃんが生まれさえすればすべてが解決すると思っていた。

夫の健太《けんた》と結婚したのは三十八歳、妊娠したのは三十九歳だ。

真由美は地元静岡の調理師専門学校を卒業して、神奈川県の相模原《さがみはら》にある大手企業の独身寮の食堂で二十年近く働いた。

料理が好きで選んだ仕事だ。食堂で皆が、真由美が作ったものを「美味《おい》しい！」と何度もおかわりしてくれる姿に大きなやりがいを感じていた。

いつか自分もささやかながら幸せな家庭を持って、家族にたくさん美味しいものを作ってあげたいと思った。

しかし社会人になって数年目、学生時代から交際していた人生初めての恋人に、「他に好きな人ができた」とひどいフラれ方をしてから、急に自分はまったく恋愛に向いていない、異性と関わるのが苦手なような気がしてしまった。

休日は家でひとり、海外ドラマを観たり、本を読んだりしているほうが安心できた。これからもずっと独身のつもりでいた三十七歳のある日、高校時代に同じ吹奏楽部だった仲間の演奏会で、二つ年下の健太と知り合った。

お互い高校時代にチューバというマイナーな楽器を演奏していたこと。今の生活ではまったく楽器を演奏する機会がないこと。でもこうして今でも音楽を続けている友人の演奏を聴くと、もう一度楽器に触れたくてたまらなくなること。

健太とそんな話で盛り上がるうちに、自分は恋愛には向いていないと思っていたことも忘れて自然に人を好きになることができた。

交際半年で、すんなりと結婚が決まった。

既《すで》に高齢出産の年齢だったこともあり、結婚を機に真由美は仕事を辞めてすぐに妊活を始め、健太の職場の新宿に近い世田谷《せたがや》区に引っ越した。

真由美の人生が短期間で大きく変わったことに周囲は驚いていたけれど、いちばん驚いたのは真由美自身だった。

自分は一生結婚しないと思っていた。だから真由美は同世代の友人たちが妊娠出産ラッシュだった七、八年ほど前を機に、何となくその輪から遠ざかってしまっていたのだ。

あのときに、友達からもっとたくさんいろいろな話を聞いておけばよかった。

悪阻《つわり》や高血圧や、高血糖。それに便秘や貧血。妊娠中にそんな〝マイナートラブル〟に遭遇するたびに、そう思い返すことは何度もあった。

けれども案ずるより産むが易《やす》し、なんてことわざのとおり、赤ちゃんが生まれたら後は何とかなるに違いない。そう思ってどうにか前向きに頑張っていた。

出産後に、こんなに苦しいことがあるなんて……。

しばらくそうして床にうずくまっていたら、ようやく少しずつ潮が引くように痛みが治まってきた。

「ふう……。やれやれ」

ため息をついて、恐る恐る立ち上がった。

つい先ほどまで息ができないほどだった激しい痛みは、微《かす》かに眉間《みけん》に皺《しわ》を寄せれば我慢できる程度まで治まっていた。

このくらいの痛みならば、思春期の頃から毎月付き合いが続く生理痛で慣れっこだ。

──よかった。今のうちに家事を終わらせなくちゃ。

出産して間もない頃はこの痛みの発作が一時間くらい続き、その間ずっとうんうん唸《うな》って床に倒れていたこともあった。

痛みに耐えることに疲れ切ってその格好のままついうとうとしてしまって、夜遅くに仕事から帰宅した健太の悲鳴で目覚めたこともあった。

──大丈夫。私の身体は着実に回復してきているはず。

真由美はリビングのベビーベッドにちらりと目を向ける。先ほどおっぱいを飲んだばかりの美咲《みさき》は、穏やかにすやすやと眠っていた。

よしっと気を取り直して、拭き掃除を再開した。

健太は「お願いだから、家事をそんなに頑張らないで。今は真由美の体調を第一に考えて」と言ってくれた。

けれど買い物もすべてネットスーパーで済ませて玄関先まで宅配してもらい、一切外に出ることなく気密性の高いマンションの部屋で二十四時間暮らしていると、散らかった部屋や汚れたキッチンはすごく気になった。

昔から綺麗《きれい》好きで几帳面《きちょうめん》な性格だ。

真由美は美咲がお昼寝をしている暇を見つけては、まるで鏡を拭くようにきちんと部屋のあちこちを磨き上げるようにしていた。

台所用洗剤を薄めたものでシンクの拭き掃除を終えてから、キッチン全体に念入りにアルコールスプレーをかけて消毒する。

アルコールで咳《せ》き込んだら、またお腹がちくりと痛んだ。

うっと息を止めた。痛みを鎮《しず》めるようにお腹を撫でる。

――もしも里帰り出産ができていれば、もっと楽だったかもしれないな。

地元である静岡県の南伊豆《みなみいず》の、海が近くて広い実家でゆっくり過ごせたなら。

母に甘えて家事をすべてやってもらって、美咲の可愛い仕草に一緒に盛り上がったり、私が赤ちゃんだった頃の話など、他愛《たわい》もないお喋《しゃべ》りができたなら。

きっと、今よりもずっと楽しい生活だったに違いない。

でもそれは難しかった。

二〇二〇年からの数年間、世界中で新型コロナウイルスの感染が拡大して、通称コロナ禍《か》と呼ばれる時期が続いた。

今では感染も収束傾向にある。ようやくコロナ禍前の日常を取り戻したかのように見えた。

けれどもいくら行動様式が元に戻っても、未だにウイルスは存在しているし、持病のある人や高齢者にとっては命の危険がある病気であることには変わりない。

真由美の母は五年ほど前に、甲状腺《こうじょうせん》の病気で大きな手術をした。今は一時期よりずいぶん元気にしているけれど、定期的な通院は欠かせない状況だ。

そんな母に、万が一にでも都会からウイルスを運び込んで感染させてしまうようなことになっては、後悔してもしきれない。

里帰り出産は、最初から真由美の選択肢にはなかった。

――健ちゃん、今日も遅いのかな……。

真由美は、しくしく痛むお腹を撫でながら部屋を見回した。

コロナ禍、健太はテレワークという形でずっと家にいた。結婚したばかりだった時期に夫婦で一緒に過ごす時間がたくさんあったことは、真由美にとって素直に嬉しかった。

今、社会は大変なことになっているけれど、二人で一緒に乗り越えよう。

そんなふうに毎日のように言い合って、励まし合って、少しも寂しくなかった。

けれどコロナ禍を過ぎた途端に、健太の仕事はただごとではなく忙しくなった。

人材派遣会社で働く健太は、多ければ月に半分ほど、全国あちこちの支店へ出張がある。

さらに営業という職種のため、とにかく接待の機会が多く、出張ではない日も帰宅は真夜中近くになる。

——コロナ禍に戻りたい。

決してそんなふうに思ってはいけないとわかっていた。

あの時期、たくさんの人たちが命の危険に晒《さら》されて、医療従事者はひとりでも多くの人の命を救うために全力を尽くしてくれていた。

けれど誰の気配もない部屋、ひとりでお腹の痛みに耐えていると、急に自分がどこで何をしているのか忘れて、頭が真っ白になってしまうときがあった。

オンライン会議中の健太の声を遠くに聞きながら、キッチンでできる限り音が出ないように料理をしていたあのときの安らかな気持ちを、懐《なつ》かしく思い出してしまう。

「ふえっ……」

赤ちゃんの声に、真由美は、はっと顔を上げた。

ベビーベッドに駆け寄ると、美咲が手足をぱたぱた動かしながら、不思議そうな顔で周囲を見回していた。

まだ眠いのか、目が半分くらいしか開いていない。

あまりの可愛らしさに胸が震えるような気がした。

「美咲ちゃん、おはよう」

出せる限りの優しい声で言って、美咲を抱き上げた。

ほかほかと温かい身体を大事に胸に抱く。

洗剤も石鹸も赤ちゃん用の無香料のものを使っているはずなのに、ほのかな甘い匂いがした。

美咲の背中を優しく撫でていたら、いつの間にかお腹の痛みはすっかりなくなっていた。

2

「それじゃあ、気を付けて行ってきてね。美咲ちゃん、パパ、いってらっしゃいだよ」

真由美は玄関で美咲を抱いて、健太を見送った。

健太は今日からまた泊まりの出張だ。四泊五日で北海道の取引先を回ると聞いた。

「いってきます。これからしばらく、美咲ちゃんに会えないの寂しいなあ」

健太が可愛くてたまらないという様子で、美咲の顔を覗《のぞ》き込む。

「美咲ちゃんのことは私に任せておいて。健ちゃんはとにかくお仕事頑張ってね」

寂しいなんて決して言ってはいけない。打ち合わせなんて、コロナ禍にはオンラインでもできたことなのに、なんて思っては駄目だ。健太は、家族のために一生懸命仕事を頑張ってくれているのだ。

日々目まぐるしく変化していくこの生活に、私はちゃんと適応しなくてはいけない。

当然、マイナスなことは一言も言わずに、笑顔で送り出した。

がちゃん、とドアが閉まる。

「さあ、美咲ちゃん、今日からしばらく、ママと二人で頑張ろうね」

元気よく言ってみせたら、美咲がにっこり笑った。

「美咲ちゃん……」

数日前から、美咲は微かな笑顔を見せてくれるようになった。

その姿は、この世にこんなに可愛いものが存在しているのか！　と驚くほど可愛い。

真由美は鼻歌を歌いながらリビングに戻った。

美咲を腕に抱いたままテーブルの上にある朝食の食器を片付けかけて、ふと手を止めた。

しばらくは、この家で美咲と二人きりだ。

掃除は少しくらい怠《なま》けたっていい。食事はウーバーイーツを頼んで、とことん家事に手を抜いてしまってもいいかもしれない。

そう思ったら、急に気持ちが楽になってきた。

やっぱり少し一休みしよう、と美咲を抱いてビーズクッションに座った。

「美咲ちゃん、お歌を歌ってあげるね」

小さい頃に母が歌ってくれた、ぞうさん、チューリップ、おもちゃのチャチャチャなどの童謡を、囁《ささや》くように歌う。

美咲が目を細めて眠そうになってきたので、ゆりかごのうた、を歌ってみたら、口元に小さな笑みを浮かべてあっという間に寝てしまった。それも可愛くてたまらない。

美咲の安らかな寝顔を見ていたら、真由美も眠くなってきた。

真由美は美咲をそっとベビーベッドに寝かせると、ビーズクッションに横たわって目を閉じた。

どのくらい眠ってしまったのだろう。

美咲の泣き声で目が覚めた。

「……大変、寝ちゃった」

真由美はベビーベッドに駆け寄った。

美咲がこんなふうに大きな声で泣くときは、おっぱいを欲しがっている知らせだ。

美咲を横抱きにして、授乳用カットソーのボタンを外す。

授乳口からおっぱいを出して、美咲の口元に差し出した。

すぐに美咲がおっぱいを飲み始めてほっとする。

授乳はとてもうまく行っていた。

出産してすぐに始まった入院中の授乳の練習では、うまく飲ませることができずに美咲と一緒に泣きそうになったこともあった。

けれど持ち前の真面目《まじめ》さで、厳しい授乳指導で恐れられていた看護師さんにまで「少し休んだら？」と言われるくらい授乳室に籠《こも》って真剣に練習して、退院するまでには完全母乳、つまりミルクを一切与えずに母乳だけで育てる形での育児を軌道に乗せることができたのだ。

真由美は痩せ型で胸は小さめだった。さらに高齢出産でもあったので、ちゃんと母乳が出るか心配だった。けれどそんな心配は杞憂《きゆう》だったようだ。

完全母乳での育児は、とにかく手間がかからなかった。

哺乳瓶を消毒したり、ミルクのお湯を沸かしたり、といった授乳の準備は一切必要ない。ただ服のボタンを外して、ぐいっとおっぱいを取り出すだけでいい。

おっぱいが掃除機に吸われているような美咲の力強い顎《あご》の感覚が、ふいに止《や》んだ。

「ん？　美咲ちゃん？」

まだお腹がいっぱいになるには早い。

おかしいな、と美咲の顔を覗き込もうとしたそのとき、甲高《かんだか》い泣き声が響き渡った。

「あれ？　あれ？　美咲ちゃん？」

美咲が顔を真っ赤にして泣いていた。

これまでに見たことがないほど苦しそうな顔だ。

「美咲ちゃん、おっぱい、ここにあるよ」

自分のおっぱいを摑《つか》んで、ぶんぶん振ってみせた。

美咲の口元に持っていこうとしたら、美咲が小さな掌で勢いよくおっぱいを押し返してきた。

「いたたた、やめて……」

美咲の小さすぎる手がぶつかると、尖《とが》った棒で強くおっぱいを押されたみたいで結構痛い。おまけに爪も当たる。

ふいにぎくりと胸が震えた。

おっぱいだけではなく、お腹が痛かった。

――気のせい、気のせいだ。

息を整えて、「さあ美咲ちゃん、おっぱい飲もうね」なんて笑顔を浮かべてみる。

でもやっぱりお腹が痛い。

明らかにすごく痛い。

「美咲ちゃん……」

美咲が、おっぱいが飲めなくて困っているときなのに。ちゃんと向き合ってあげなくちゃいけないときなのに。

窒息《ちっそく》事故にだけはならないようにしなくてはと、真由美は美咲を薄いカーペットを敷いただけの硬い床の上に横たえた。

自分はお腹を押さえてビーズクッションに倒れ込む。

美咲の泣き声が聞こえる。

せっかくおっぱいを飲んでいたときに、急にママの姿が見えなくなって、さらに床に放り出されてしまったのだから泣くのは当たり前だ。

――でも、動けない。痛くて痛くて、どうしても動けない。

「美咲ちゃん、ごめんね……」

真由美の目に涙が滲んだ。

3

「こんにちは。世田谷区の赤ちゃん訪問です」

インターホンの向こうから、朗《ほが》らかな女性の声が響いた。

「え？」

寝惚《ねぼ》け眼《まなこ》の真由美は、思わず怪訝《けげん》な声で訊《き》き返してしまった。

直後に「ああっ！」と胸の中で叫ぶ。

カレンダーを見ると、今日の日付のところにちゃんと「赤ちゃん訪問」と書いてあった。

すっかり頭から抜け落ちていた。

「す、すみません。どうぞ、お入りになってください」

「はーい。失礼いたします」

マンションのエントランスのオートロックを解除してから、「どうしよう、どうしよう」と呟く。

赤ちゃん訪問とは、区から派遣された保健師か助産師が、区内の生後四ヶ月までの赤ちゃんのすべての家を訪問するシステムだ。

区のホームページによれば、赤ちゃんの体重を測ったり身体検査をして発育に問題がないかチェックしたり、母親の育児相談に乗ったり、地域の子育て支援のサービスを紹介してくれたりするという。

真由美は部屋の中を見回した。

出産してから家族以外の誰かがこの家に来るなんて、初めてのことだ。

——散らかっている。

リビングには買い置きしていたオムツの大容量パックが、パッケージが変なふうに破れた状態のまま置かれていた。

テーブルの上には真由美が先ほど一口だけ食べたクッキーが、歯形がついたままお皿の上にある。

よく見ると、ビーズクッションのカバーは細かい埃《ほこり》だらけだ。

何とか目に付くものだけを猛烈な勢いで片付けていると、ほどなくして部屋の前のインターホンが鳴った。

乱れていた髪を数秒で結び直して、マスクをして玄関に駆けていった。

「こんにちは。今日はありがとうございます」

ドアを開けた瞬間、「あ、人だ」と思った。

健太以外の大人を目にするのは、ずいぶん久しぶりだった。

そして同時に泣きたくなる。

こんな散らかった家に、お掃除をしていない家にお客さんを迎えなくてはいけないなんて。

どうしてこんな大事な予定をすっかり忘れてしまったのだろう。

出産してから一歩も外に出ずにあまりにも同じような毎日を過ごしているから、私の頭はすっかり鈍《にぶ》ってしまったのだろうか。

「こんにちは。今、美咲ちゃんはお休み中ですか？」

ドアの向こうで、大きなマスクをした五十代くらいの女性が優しげな目くばせをしながら声を潜《ひそ》めた。

「は、はい。美咲は、リビングのベビーベッドの中で寝ています」

真由美は部屋の中を振り返った。

きちんと赤ちゃんの安全は確保しています、というように「ベビーベッドの中で」というところを力強く言う。

「では、今のうちに。ちょっとこちらで失礼いたしますね。私は保健師の山本《やまもと》と申します。今日はどうぞよろしくお願いいたします」

山本さん、と名乗った女性は、いかにも「保健師さん」という雰囲気の柔らかそうな大きな身体の人だ。マスクをつけていても丸く優しそうな顔をしているとわかる。

山本さんは肩に掛けた大きなバッグの中からアルコールスプレーを取り出すと、廊下で両手に何度もかけた。

真由美のマスク越しにも微かなアルコールの匂いが漂う。

「では、失礼いたします」

「散らかった部屋で本当にすみません。すっかり今日のお約束を忘れていまして。あの、いつもはもっと綺麗にしているんです」

玄関の靴を手早く揃えながら、真由美は焦《あせ》って言った。

「何を仰《おっしゃ》いますか。産後一ヶ月で綺麗なお部屋で暮らしている人なんて、どこにもいらっしゃいませんよ」

山本さんが大らかに笑った。

「誰だってみーんな、いっぱいいっぱいです」

ふいに、ぽろり、と涙が落ちそうになった。

山本さんの一言が、思いがけないくらい熱く胸に迫った。

だからといってここでいきなり真由美が泣き出したら、相当精神的に不安定なお母さんだと思われてしまう。

「あ、奥にどうぞ」

真由美は山本さんから顔を背《そむ》けつつ、リビングに向かった。

「……こんにちは」

山本さんが囁くような声で言った。

「本当だ。美咲ちゃん、ぐっすりお休み中ですね」

山本さんがベビーベッドの中の美咲を覗き込んだ。

美咲はまったく起きる様子はない。山本さんはまるで赤ちゃんを起こさない周波数の声をわかっているかのようだ。

「では、先に井上さんとお話ししながら、美咲ちゃんのお目覚めを待ちましょうか」

山本さんが、ぱりっと糊《のり》の効いたピンク色のエプロンを着けた。クリアファイルに入ったたくさんの書類やチラシを取り出す。

「昨日から、ようやくちょっと涼しくなってきましたよ。美咲ちゃんとお外をお散歩しやすくなりますね」

山本さんの言葉にきょとんとする。

そうか、今は九月の終わりだ。季節がちょうど夏から秋に変わる時期だった。

猛暑の中、臨月《りんげつ》の大きなお腹を抱えての暮らしは本当に苦しかった。

ちょっとコンビニに買い物に出るだけで、汗まみれになって眩暈《めまい》がして、本気で命の危険を感じた。

ずっとマンションの部屋に籠っていたので、ほんの一月《ひとつき》前のそんなことも忘れてしまっていた。

「もう外に出てもいいんでしょうか？」

「明日で、生後三週間になりますよね。近場をお散歩するくらいなら大丈夫ですよ。電車や人混みは、まだ当分避けてくださいね」

山本さんはテーブルの上に書類を広げながら言った。

こんなたった一言の会話で、そうか、もう近場をお散歩してもいいのか、とほっとした。

「もちろん人混みには連れていきません。何かあったら怖いですから」

真由美と山本さんは頷《うなず》き合った。お互い「コロナ」という言葉が頭に浮かんでいるとわかる。

山本さんが真由美に向き直った。

「産後、お身体の状態はいかがですか？」

「ずいぶん回復してきている気はするのですが、時々下腹がすごく痛くなるときがあります。生理痛の百倍くらいの痛みが、ぎゅーっと」

真由美は顔を顰《しか》めてみせた。

「子宮が元の大きさに戻ろうとする後陣痛ですね。産院でもらった鎮痛剤はまだありますか？」

「はい、まだたくさんあります。でも、あまり鎮痛剤は飲まないほうがいいのかと思って……」

「主治医が処方した鎮痛剤を、用法容量を守って服用している分には問題はありません。もしも母乳への移行が気になるようでしたら、鎮痛剤を飲んだ後の三、四時間は授乳を避けるといいですよ」

「わかりました、そうしてみます」

今の一言で、世界が輝いて見えるほど気が楽になった。

「美咲ちゃんとの新しい生活は、いかがですか？」

「とても楽しいです。幸せいっぱいです」

真由美は弾《はじ》かれたように答えた。

「旦那さんは、育児には――」

「夫はとても仕事が忙しいので、育児は基本的にすべて私がすることになっています。そのつもりで私も退職したので」

今の若い夫婦は、夫が育児に関わるのは当たり前という考え方だ。

東京の真ん中で働く保健師さんには少し時代遅れの夫婦だと思われるかな、などと思いつつ、真由美は前のめりになって説明した。

「そうでしたか。井上さんのご両親は静岡県にお住まいですね。美咲ちゃんにはお会いになりましたか？」

「母は持病があるので、里帰りはできなかったんです。ですが、両親にはしょっちゅうビデオ通話で美咲の顔を見せています。美咲が生まれたことを心から喜んでくれています」

これは胸を張って答えることができた。

「ご両親、美咲ちゃんが可愛くて仕方ないでしょうね」

山本さんが目を細めた。

そのとき、ベビーベッドで美咲が「うー」と小さな声を上げた。

「あ」

立ち上がろうとした真由美に、山本さんが「私が失礼してもよろしいですか？」と先に席を立った。

「体重測定やお身体のチェックをするので、寝起きで何が起きているかわからないぼんやりタイムのほうが、美咲ちゃんも驚かないかもしれません」

山本さんに茶目っ気たっぷりにそう言われて、確かに、と真由美は座り直す。

「その間に、井上さんは、こちらのアンケートに記入していただけますか？　赤ちゃん訪問をするすべてのお母さんに答えていただいているアンケートです」

一枚の紙とボールペンを差し出された。

「はい、それじゃ、美咲をよろしく、お願いします」

真由美は目の前の紙をしげしげと眺めた。

4

《ご出産おめでとうございます。》
アンケートはそう始まっていた。
――ありがとうございます。
胸の中でそう呟いて、くすっと笑いそうになった。
美咲を産んだ直後にいろんな場面でかけられたその言葉を久しぶりに目にしたら、改めて少し胸が温かくなった。

《今日だけでなく、過去七日間にあなたが感じたことに最も近い答えに◯をつけてください。》

ふむふむ、と頷きながらボールペンを手に取った。

一つ目の質問を読む。

1．笑うことができたし、物事のおかしい面もわかった。

(0) いつもと同様にできた。

(1) あまりできなかった。

(2) 明らかにできなかった。

(3) 全くできなかった。

これは当たり前だ。答えは(0)。

美咲が家に来てから、私は幸せなことばかりで、たくさん笑っている。

今までの人生で、こんなに誰かのことを愛おしいと思ったことはない。こんなに幸せだったことはない。

次の質問に移る。

2. 物事を楽しみにして待った。

これも同じく、いつもと同様にできた、だ。

真由美は美咲の生後一ヶ月が過ぎて、一緒に外にお散歩に行ける日を心から楽しみに暮らしていた。

次の質問は、先の二つの質問と少し雰囲気が違った。

3. 物事が悪くいったとき、自分を不必要に責めた。

真由美はボールペンを握った手を止めた。

微かな息苦しさを感じた。

——ひょっとすると、もしかしたら、ほんの少しだけそんな瞬間もあったかもしれない。

美咲が生まれてから三週間の怒濤《どとう》のような日々の記憶の中で、シジミの味噌汁に混ざった砂粒を嚙んでしまったように、ほんの小さな嫌なことを思い出してしまった。

産院から退院してまだ数日のある夜、真由美は美咲を抱っこしたまま歯磨きをしていた。洗面所に行っている間に美咲に何かあっては大変なので、ひとときも美咲と離れたくなかったのだ。

健太はその日も遅くに帰ってきて、ちょうどお風呂に入っているところだった。

健太の使うシャワーの音を聞きながら手早く歯磨きをしていたら、鏡に映った自分の顔があまりにも萎《しお》れて、濃い隈《くま》ができているのに気付いた。

噓！　と息を吞《の》んだ。

産前、産後でまるで十歳くらい年を重ねてしまったように見えた。

そういえばここしばらく、洗顔後に化粧水を塗ることさえ忘れてしまっていた。このまま何のお手入れもしないでいたら、出産を機にぐっと老け込んでしまうかもしれない。

確か、妊娠前に使っていた少し高めの美容液が鏡の裏の物入れにあったはずだ。

焦って歯ブラシを握った手で鏡を開けたそのとき、棚の中に入っていた美容液のボトルが勢いよく落ちてきた。

――わっ！

慌てて受け止めようとしたけれど、右手は歯ブラシ、左手には美咲を抱いていた。

美容液のボトルは、美咲の額にこつんとぶつかってしまった。

──健ちゃん、大変、ちょっと来て！　美咲ちゃんの頭に！

顔を真っ赤にして泣く美咲を抱いて、真由美も思わず一緒に泣いてしまった。

私のせいだ。美容液を探そうとなんてしなければよかった。

お母さんになったのに、赤ちゃんのことより自分の見た目のことなんて考えていたから
バチが当たったんだ。

万が一美咲ちゃんに何かあったらどうしよう。私はもう一生、化粧品なんて使わない。

そんな極端なことを言って涙をぽろぽろ零《こぼ》す真由美に、健太は「何ともなってないよ。

こんなに小さなプラスチックのボトルだし、ちょっとこつん、ってなって驚いただけだよ
ね」なんて呑気に美咲に話しかけていた。

今考えると、大袈裟《おおげさ》に騒ぎすぎてしまったと思う。

けれど自分の不注意で大事な美咲に痛い思いをさせてしまった、というのは、真由美に
とっては、本当に泣き崩れてしまいそうなほど辛《つら》いことだった。

この質問の答えは、
(2)　はい、時々そうだった。

と、

(1)　いいえ、あまり度々ではない。

の中間くらいかもしれない。

真由美は迷った末に、

(2)　はい、時々そうだった。

を選んだ。

心臓がどくどく鳴っていた。

そこから質問は、日常の不安な気持ちの度合いについて訊くものが続いた。

ようやく真由美にも、このアンケートが、新生児のお母さんの産後鬱《さんごうつ》を発見するための

アンケートだとわかってきた。

産後鬱なんて、私に限ってありえない。私は今、赤ちゃんが生まれたという人生で一番

幸せな瞬間にいる。

そう胸の中で唱えながら、真由美は最近の暮らしを思い出しながら、すべての質問にで

きる限り正直に答えようとした。

次第に眉間に皺が寄ってくる。

最後の質問はあまりにも鋭くて、さすがに嫌な気分になった。
10. 自分自身を傷つけるという考えが浮かんできた。
——まさか。やめてよ。

生まれたばかりの美咲と過ごす平和な暮らしの中で、こんな恐ろしい言葉を目にするのも嫌だった。

無回答、にしてしまいたいくらいだった。けれど、アンケートの冒頭の、

《必ず10項目全部に答えてください。》

という言葉を目にして、渋々と向かい合う。

じっと質問文を見つめる。

喉が震えた。

自分が何かを言おうとしているのだと気付く。

「美咲ちゃんの体重、順調に増えていますよ。安心してくださいね」

はっとして山本さんに目を向けると、美咲が赤ちゃんの体重を測るための大きなデジタルスケールの上でご機嫌な様子でぱたぱたと手足を動かしていた。

「……よかったです」

妙に拙《つたな》い返事をしてしまった。

「それじゃあ、お身体のチェックもしましょうね」

山本さんが聴診器を首に掛けた。

「はいはい、美咲ちゃん、ちょっと失礼しますよー」

山本さんは、丁寧な手つきで美咲の服を脱がせた。

マスクから覗く山本さんの目が鋭く光った……ような気がした。美咲の全身に隈なく視線を走らせる。

なぜか真由美の背筋にわっと鳥肌が立った。

「……あの、私、この子のことを叩いたりとか、絶対にしていません！」

急に、裏返った鋭い声が出た。

山本さんが手を止めた。

真由美の言葉の続きを待つように、じっとこちらを見る。

「私、ちゃんとできています。この子はおっぱいも飲むし、ぐずらずにちゃんと寝てくれるし、完璧ないい子です。だから、もう今日は大丈夫です」

声が震えていた。

涙が後から後から流れ出す。

「井上さん、美咲ちゃんはちゃんと育っていますよ。おまけにすごくいい子です」

山本さんの答えを聞いた瞬間、真由美はわっと声を上げて泣き出した。

安心しているのか、不安なのか、嬉しいのか、悲しいのか、自分の感情が自分でまったくわからなかった。

ただ美咲と二人きりのときは、決してこんなふうに泣けなかったと思った。

二十四時間、美咲のことを全力で守らなくてはいけないから。

美容液のボトルを落としてしまったあのとき以降は、健太の前でも、決してマイナスなことを言ったり悲しい顔を見せないように注意していた。

みんなが幸せなはずのときに真由美が暗い顔をしていたら、美咲への愛情がない、悪い母親だと勘違いされてしまうと思った。

そんなの、家族にはもちろん、何より美咲に申し訳ないと思った。

「せっかくなので、ちょっと私とお喋りしましょうか」

山本さんがその場にそぐわない呑気な声で言うと、美咲をあやしながら、テーブルの上のアンケートに目を向けた。

10．自分自身を傷つけるという考えが浮かんできた。

真由美は最後のその質問に対して、気付かないうちに、

(3)　はい、かなりしばしばそうだった。

のところに○をつけていた。

5

山本さんから教えてもらったその助産院は、東急《とうきゅう》世田谷線上町《かみまち》駅から徒歩五分ほどの住宅街にあった。

真由美が暮らすマンションは、隣の宮《みや》の坂《さか》が最寄り駅だった。しかし世田谷線の駅と駅

はとても近いので、徒歩で十分ほどの距離だ。

世田谷線は下高井戸《しもたかいど》駅と三軒茶屋《さんげんぢゃや》駅を二十分ほどで結ぶ、二両編成の路面電車だ。都心のオフィス街に通勤するには少々乗り換えが多い路線だが、世田谷線の駅前には古くからの商店街があって、大きな公園や神社もある。子育て世帯が多く暮らす住宅地だ。

大きめの帽子を被った真由美は、新生児用のヘッドサポート付きの抱っこ紐に入れた美咲がきちんと日陰に入るように、日傘を持ち替えた。

太陽は容赦なくぎらぎらと照り付ける。けれど夏の終わりらしく、どこかひんやりした心地《ここち》よい風の日だった。

期せずして今日が、美咲の人生で初めてのお出かけとなった。

美咲が泣いてしまったらどうしよう、とすごく緊張していた。けれど美咲は外に出て一分もしないうちに、ぐっすり眠ってしまった。

久しぶりの外の世界は気持ちよかった。

家の中と外では、空気の味がまったく違う。

歩いていると出産時の会陰切開《えいんせっかい》の傷跡が微かにぴりぴりと痛んだけれど、我慢できないほどではない。

「えっと、みどり助産院……と。あ、ここだ」

真新しい分譲住宅地の片隅。濃い緑色の蔦《つた》で覆われた古いブロック塀の中に埋もれるように、手書きの《みどり助産院》の看板があった。

大正時代の洋館を思わせる、赤い屋根に白い外壁の古い家だった。

風が吹くと、南向きの太陽の光を受けた蔦の葉がさらさらと鳴った。

ペンキが剝《は》げかけた古い鉄門を開けようとして、真由美はふいに動きを止めた。

せっかく外の開放感に浸《ひた》っていたはずが、急に身体がずんと重くなる。

また昨日と同じことの繰り返しになるのでは、と思うと、どっと疲れを感じた。

昨日、赤ちゃん訪問に来た保健師の山本さんは、涙が止まらない真由美の側《そば》に、どこまでも優しく寄り添ってくれた。

真由美がひとしきり泣いて落ち着いた後は、今の真由美には産後鬱の傾向があること、決して無理をせずにもっと家族や周囲の人に頼ったり、行政の子育て支援サービスを利用するべきだということなどを丁寧に説明してくれた。

――まさか、そんなはずはありません。私、鬱になんてなるようなキャラじゃないんです。

驚いて否定した真由美を、山本さんは優しく窘《たしな》めた。

――産後鬱、というのは、産前産後のホルモンバランスの乱れの影響が大きくあります。

井上さんはまったく何も悪くありません。もちろん、美咲ちゃんへの愛情とは何の関係もないことですよ。井上さんが美咲ちゃんに心からの愛情を注いで育てているのは、美咲ちゃんのこの可愛いお顔を見ればよくわかります。

山本さんの言葉に、真由美は思わずわっと泣き崩れてしまった。

けれど山本さんが帰ってから、真由美は激しい自己嫌悪に陥《おちい》ってしまった。

初めて会った人に、あんなふうに自分のすべてを曝《さら》け出して泣いたりするなんて。私は、なんてみっともない姿を見せてしまったんだろう。

社会人になってからかなりの年月が過ぎたこの年齢になって、あんなふうに誰かの前で泣くなんて考えたこともなかった。

今日のことは、当分思い出したくもない。

あれから一晩、そんな最悪の気分で過ごしていた。けれど一つだけ、どれほど最悪の気分だとしても早急に対応しなくてはいけないことがあった。

――そういえば、生後一ヶ月までの赤ちゃんは、一日につき約四十グラム体重が増えるのが理想とされています。美咲ちゃんの成長はとても順調ですが、体重の増加量を平均すると一日につき約三十二・五グラムになります。少しミルクで哺乳量を補《おぎな》ったほうがいいかもしれませんね。

帰り際《ぎわ》に山本さんは、慎重に言葉を選びながらそう言った。

――私のおっぱいが足りない、ってことですか？

一瞬で蒼白《そうはく》な顔になった真由美に、山本さんは慌てて首を横に振った。

――そういうわけではありません。理由はたくさん考えられます。

――どうしよう。ミルクをあげるのは絶対に嫌です。どうしたらいいでしょう？

山本さんは、絶対に嫌、と言った真由美の言葉の強さに少々目を丸くしてから、

――ミルクをあげることは、決して悪いことではありません。ですが井上さんのお気持ちは尊重します。この近くに母乳外来《がいらい》専門の助産院がありますので、一度、授乳のプロに相談してみてはどうでしょう？

と答えた。

すぐにお願いします！　と縋《すが》るような気持ちで答えた真由美に、山本さんはその場でこのみどり助産院に電話をかけて、翌朝十時の予約を取ってくれた。

正直、どこにも行きたくなかった。

けれども予約を取ってしまったのだから、行かないわけにはいかない。

この母乳外来専門の助産院で、山本さんのように優しく頼もしい助産師さんに出会ったら、また真由美は泣いてしまうような気がした。

泣きたくてたまらなかったはずなのに、存分に優しくしてもらって泣かせてもらったら、後から逆に心が乱されてしまったようで気が重くなる。

私はなんて自分勝手なんだろうと思ったら、大きなため息が出た。

気を取り直して鉄門を開けると、きい、と案外大きな音がした。

途端に、引き戸の摺《す》りガラスの向こうで人影が揺れた。

「おはようございます！　井上さんですね。お待ちしていました」

飛び出してきたのは、二十代半ばくらいの綺麗な女の子だった。

ジーンズ姿にシンプルな白いTシャツ。生成《きな》り色のエプロンには《田丸《たまる》さおり》と名札がついていた。

手足が細く長く、おまけに驚くほど小顔で、バレエダンサーのように、おくれ毛一つなく髪をお団子にしている。

大きなマスクで小さな顔はほとんどすべて隠れてしまっているが、化粧気がほとんどないのに、羨《うらや》ましいほど睫毛《まつげ》が長いというのはわかった。

「井上さん、そして美咲ちゃん、はじめまして。私は看護師の田丸さおりと申します」

さおりさんはきびきびとした動作ながら、丁寧に頭を下げた。

いかにも身体能力が高そうな雰囲気だ。きっとかつて本格的にスポーツをやっていたに違いない。

「おはようございます。保健センターの山本さんのご紹介で……」

さおりさんに促《うなが》されて入ったみどり助産院の玄関は、いかにも普通の民家という様子だ。

磨き上げられて鈍く光る框《かまち》、古い塗り壁などが、〝実家〟を思い出させる。

「はい、もちろんお話は伺《うかが》っています。まずは手指を消毒していただいて、お上がりください。アルコールにアレルギーがありましたら、アルコールフリーの消毒薬も置いていますので仰ってくださいね」

「アルコール、大丈夫です」

真由美は玄関先に置かれたアルコールスプレーに手を伸ばした。

胸元で眠っている美咲にかからないように気を付けてノズルを押すと、アルコールが勢いよく手にかかる。

すぐにアルコールが揮発《きはつ》して、ひんやり冷たさを感じた。

気付かないうちにできていた指先のささくれが、アルコールに沁《し》みてちくりと痛んだ。

「あ、あの……」

「はい、どうされましたか？」

さおりさんが真由美の顔をまっすぐ見た。

「ごめんなさい。やっぱり、今日は失礼します」

「えっ？」

さおりさんが目を丸くした。

「実はちょっと体調が悪くて、万が一コロナだったらたいへんなご迷惑をおかけしてしまうので」

コロナ禍になってから、いろいろなところで聞いたこの台詞《せりふ》を口にした。

コロナ、と聞いてさおりさんの身が微かに強張《こわば》ったのを見て、真由美は心から申し訳ない気持ちになる。

「……体調、大丈夫ですか？」

さおりさんが困惑した様子で、それでも優しい声をかけてくれる。

「ちょっと、お待ちください。おっぱい先生にお知らせしますね」

――おっぱい先生。

そんな呑気な言葉を、さおりさんは真剣な様子で口に出した。

「本当にごめんなさい」

一刻も早くここから立ち去りたい気持ちで、真由美は言った。

さおりさんが奥に消えると、ほどなくして白衣姿でマスクを付けた白髪《はくはつ》のショートカットの女性が現れた。

この人が〝おっぱい先生〟だろう。

痩せていて切れ長の目をした人だった。〝おっぱい先生〟という名前で想像していたよりもずっと鋭い雰囲気だ。

「ごめんなさい、今日は帰ります。ご迷惑をかけてしまいごめんなさい。お代はお支払いさせてください」

真由美は顔を伏せて早口で言った。

「今日は初めてのことですので、お代はいりません。誰にだって、一度くらいは必ずこういうことがあります。とにかくお身体をお大事になさってください」

聞こえてきたのは低く落ち着いた声だった。

真由美がドタキャンしたことを迷惑に思っているのか、それとも体調不良という言葉をすっかり信じて心から心配してくれているのか。おっぱい先生の口調からは、そのどちらでもない淡々としたものを感じた。

「そしてこちらが、オンライン相談のＱＲコードになります。緊急の場合は、二十四時間、極力スケジュールを調整いたします。詳《くわ》しくはご自宅でゆっくりご覧ください」

おっぱい先生は、ＱＲコードが印刷された名刺サイズのカードをすっと差し出した。

6

——明後日になったら健ちゃんが出張から帰ってきてくれる。あと二日だけ乗り切れば大丈夫だ。

帰り道は、そんな言葉を繰り返しながら脇目も振らずに早足で帰った。

マンションの部屋のドアを閉めたら、膝から崩れ落ちそうなくらい疲れていた。ひどく息が乱れていると気付いた。

帰宅するのを待ち構えていたように、美咲が泣いた。

真由美は無言でオムツを手早く取り替えて、授乳服の授乳口からおっぱいを取り出した。

美咲がおっぱいを吸い始めたのを確かめてから、ぼんやりと虚空《こくう》を見つめた。

——せっかくの、美咲の初めてのお出かけだったのに。

人生で一度しかない大事なその日に、私は仮病《けびょう》を使って助産院の予約をドタキャンして、皆に迷惑をかけてしまった。

ドタキャン、それもその場でいきなり帰ろうとするなんて失礼なこと、今までの人生で一度だってしたことがなかったのに。

私はなんてひどい母親なんだろう。人として最低だ。

真由美は奥歯を嚙みしめた。

そのとき、スマホが鳴った。発信者は03から始まる固定電話の番号だ。

何となく、出なくてはいけない電話だとわかった。

気が進まない気持ちで、美咲に授乳をしながらスピーカーホンにして電話に出た。

「もしもし？」

「こんにちは、山本です」

ああ、もう。

思わず顔を顰めそうになった。

「みどり助産院さんから、井上さんが体調不良になってしまったと伺ったので、心配になってお電話しました。今、お電話よろしいですか？」

私のことは放っておいてください。

そんな刺々《とげとげ》しい言葉が浮かんだ。

「ごめんなさい。ちょっと眩暈がしたもので……」

適当なことを答えながら、山本さんは既に、私がみどり助産院でコロナだったら大変、なんて最低の言い訳をして帰ろうとしたことを聞いているかもしれないと思う。

「ご主人は、明後日の夜に帰宅されると仰いましたね。もしも井上さんの体調がお辛いようでしたら、早めに帰ってきていただくことはできないでしょうか？」

いったい何を言っているの？　とんでもない！　と思う。

出張中の健太に連絡して「私のために仕事を途中で切り上げて帰ってきて」と頼むなんて想像をしたこともない。

私はそんな空気の読めない、夫を困らせる妻ではない。

「それは無理です。できません」

真由美がむっとしている雰囲気が、伝わってしまったに違いない。

山本さんが少し黙った。

「そうですか……。私からご主人に電話で状況をお伝えすることもできますが」

「や、やめてください！　主人にだけは絶対に電話をしないでください！」

全身に冷たい汗が滲んだ。

今、私はまったく問題なく健康だ。山本さんが健太に電話なんてしたら、仮病を使って助産院をドタキャンしたことが知られてしまう。

電話の向こうで、山本さんがまたしばらく黙った。

「美咲ちゃんは、ぐっすりお昼寝中ですか？」

雰囲気を変えようとしているのか、穏やかな声だ。

「今、おっぱいをあげているところです。スマホのスピーカーで喋っています」

「そうでしたか。美咲ちゃんのお食事中にお電話してしまって、すみません」

山本さんが少しくだけた口調で言った。

「美咲の体重のこと、あれからちゃんと考えていました。なるべく授乳の回数を増やして、たくさんおっぱいをあげるように気を付けてみますね」

何か訊かれる前に、と真由美は先回りして言った。

そのとき、美咲が急におっぱいから口を放して泣き出した。

急いでおっぱいをもう一度口に入れようとしても、身体をのけぞらせて嫌がる。

「いたたた」

美咲の爪がおっぱいをがりっと引っ掻《か》いた。

美咲の泣き声はどんどん大きくなっていく。

「えっと、ごめんなさい。なんでだろう？　ちょっとよくわからないのですが、急に泣き出してしまって……」

スピーカーで話しているせいで、美咲の悲しそうな甲高い泣き声はすべて山本さんに聞かれてしまっている。

真由美は必死で取り繕《つくろ》った。

どうしよう。もしかして私は、美咲はおっぱいが足りなくてお腹が減っているのに、〝カンボ〟にこだわって必要なミルクをあげようとしない、困ったお母さんだと思われているのかもしれない。

完全母乳の略である〝カンボ〟は、出産直後の産院に入院中のお母さんたちのほとんどが、まず最初に目指すものだ。

目指しはするが、お母さんの体質や赤ちゃんの吸う力などで、ミルクとの混合授乳やミルクだけの授乳になる人はたくさんいる。

その中で、案外スムーズに〝カンボ〟での授乳ができたことは、真由美にとって大きな、そして唯一の自信だった。

その自信を決して、決して手放したくない。

そんなふうに固執《こしつ》していることを見透かされているような気がして、心臓の音が速くなった。

「ごめんなさい。あの、実は今日、みどり助産院でオンライン相談のためのカードをいただいたんです」

山本さんが何も言っていないのに、真由美はなぜか謝りながら言った。

「そのオンライン相談を申し込んでみようと思います。今日にでも、すぐに」

「……それはいい考えですね。体調のほうは大丈夫ですか？」

山本さんが、ゆっくり訊いた。

「はい、家に帰ったらすぐによくなりました。きっとこのところ、運動不足だったんだと思います。やっぱり私、今年四十歳なので、若いお母さんみたいにはいかないみたいです」

真由美は、あはは、と空元気の笑い声を上げた。

7

真由美はタブレットの画面に映った自分の姿に、慌てて髪を整えた。

このタブレットは動画を観たり調べ物をするためにと、ネットで安く買ったものだ。

一応内蔵されているカメラで撮る自分の顔は、地下鉄の窓に映った顔のように、どこもかしこも弛んで凹凸だらけでごつごつして見えた。

真由美は自分の顔が大きく映し出されたウィンドウを、できる限り小さく表示されるモードに変更した。

ちらりとリビングのベビーベッドに目を向ける。美咲は静かな寝息を立てて眠っていた。

数秒後、画面に白衣姿の白髪の女性が現れた。

〝おっぱい先生〟だ。

マスクを外しているので、顔がすべて見えた。

今朝みどり助産院で会ったときに気付いた切れ長の目に加えて、尖った鼻と薄い唇。

〝おっぱい先生〟なんて柔らかい名前よりも、敏腕《びんわん》の外科医と言われたほうが納得してしまうような、やはりずいぶんシャープな雰囲気の女性だった。

背後には白い壁があり、お誕生日会の会場のように、パステルカラーの切り絵や折り紙が糸でつながれて飾られていた。そこだけが助産院らしい。

「……こんにちは」

真由美が言うと、画面の向こうの女性は、

「こんにちは」

と、どこかロボットを思わせるような口調でおうむ返しに言った。

しばらくの沈黙が訪れる。

「ご挨拶《あいさつ》が遅れて申し訳ありません。私は助産師の寄本律子《よりもとりつこ》と申します。どうぞよろしくお願いいたします」

おっぱい先生――律子先生は、低い声で名乗った。

「こちらこそ、よろしくお願いいたします。井上真由美です」

真由美は緊張しつつ頭を下げた。

母乳外来専門の助産院での育児相談、というイメージからは程遠い、何とも堅苦しい雰囲気だ。

「ご相談の詳細は、保健センターの山本さんから伺っています。美咲ちゃんの体重の増加についてですね」

律子先生が机の上の書類に目を走らせた。

「は、はい。山本さんにはミルクを足したほうがいいと言われたのですが、私はもう少しカンボで頑張ってみたくて……」

みどり助産院は母乳外来専門の助産院だ。きっとカンボを目指す真由美の努力を褒めてくれるに違いない。

真由美の脳裏に、出産直後に「ここが頑張りどころなのよ！」と新米の母親たちを鼓舞《こぶ》して厳しい授乳指導をしていた、産院の看護師さんの姿が浮かんだ。

「どうしてですか？」

律子先生から思わぬ質問をされて、真由美はうっと唸った。

「え？　えっと、どうしてなのかは……」

混乱して言葉を失う。

「新生児の体重の増加量が少ない場合にミルクを足すというのは、母子ともに最も負担が少なく、さらに確実に有効な手段です。アレルギーなど特別な事情がない場合は、ミルクをあげることで美咲ちゃんの成長にとって不都合なことは何一つ起きません」

律子先生は背筋を伸ばして、きっぱりと断言した。

「井上さんは現在、体調が万全ではないと伺っています。でしたら今は、井上さんの回復と美咲ちゃんの体重の増加を優先して、ミルクをあげるのが最善ではないでしょうか」

嘘、と思った。

〝おっぱい先生〟に、ミルクをあげるように言われてしまうなんて。

〝おっぱい先生〟に相談すれば、これからもカンボを続ける方法を教えてくれるに違いないと思っていたのに。

真由美は落ち着きなく視線を巡らせた。

この流れは何か変だ。何か間違えてしまったに違いない。

そうだ、やっぱり私が体調不良なんて嘘をついたせいだ。助産院の入り口まで行ったのにそこで帰ってしまうような深刻な状態ならば、カンボなんかにこだわっている場合ではないと思われてしまったんだ。

すべて私のせいだ。私が駄目なお母さんだから……。

真由美は頭をぐるぐる回っている言葉に巻き取られるような気分で、黙り込んだ。

「――他には」

律子先生の言葉に、真由美は縋るような気持ちで勢いよく顔を上げた。

「授乳量を確実に知るためにベビースケールを使う、という手もあります」

「ベビースケール……ですか？」

「一グラム単位で赤ちゃんの体重を測ることができる体重計です。授乳の前後に赤ちゃんの体重を測ることで、授乳量が正確にわかります。きっと赤ちゃん訪問の際の体重測定で、山本さんが使われていたと思います」

真由美の脳裏に、山本さんが使っていた巨大な製菓用デジタルスケールのような体重計が浮かんだ。

「覚えています。あれってどこで買えるんでしょうか？　それにすごく高そうですが……」

「ネットで、国産メーカーの家庭用のものが一万円くらいから手に入ります。あまり長く使うものではないので、レンタルという形もおすすめですが」

妊娠出産でとにかく出費が重なっている中で、一万円は高い。けれども無理をすれば買えないことはない。

そのベビースケールがあれば、美咲が毎回どのくらいおっぱいを飲んでいるのかがちゃんとわかるのだ。

「授乳量がはっきりと可視化されれば、それを目安に、美咲ちゃんの体重を順調に増やすためにあとどのくらいおっぱいをあげればいいのかがわかります」

「買います！」

――可視化される。

そんな堅苦しい言葉が、神の声のように聞こえた。

そのベビースケールで、一日の授乳量がきちんと満たされているかを確かめながら授乳すれば、きっと今よりもずっと安心して過ごすことができる。もしかするとおっぱいが足りないかも、なんて不安を感じないで済む。

胸の中の濃い霧がぱっと晴れるような気持ちになった。

「それではできる限り早くに、ベビースケールを購入、またはレンタルされてください。このサイトには翌日配達というシステムがありますので、それを使っていただくのがいいと思います。今でしたら、都内なら当日配達でも間に合うかもしれません」

律子先生がマウスをクリックすると、チャット画面に大手ネットショッピングサイトのＵＲＬが現れた。

「ありがとうございます！　今すぐに買います！」

真由美は前のめりに言った。

「はい、今すぐに買ってください」

律子先生は頷いた。

「井上さんの悩みがベビースケールを導入することで解決すれば、もうこちらに来ていただく必要はありません」

冷たく聞こえてもおかしくないはずの言葉なのに、不思議と、あなたならば大丈夫、と勇気づけてもらえているような気がした。

「は、はい。わかりました」

オンライン相談を始めたときにはずいぶん強張っていた顔に、少し笑顔が浮かんだ。

「もちろん、何かありましたら、二十四時間いつでもご連絡ください」

「そうさせていただきます。ありがとうございました」

真由美はすっかり気が晴れた心持ちで、明るい声で答えた。

8

「お父さん？　嘘！　どうして急に？　いったい何があったの？」

玄関先に現れた思いがけない顔に、美咲を抱いた真由美は呆気《あっけ》に取られた。

南伊豆でのんびり年金生活を楽しんでいるはずの父が、重そうなリュックサックを背に、二重にした紙袋を持って立っていた。

白髪《しらが》頭に登山用のハットをかぶり、きちんとアイロンをかけたポロシャツにチノパン姿の父は、今からハイキングに向かうお年寄り、という風貌《ふうぼう》だ。

「……急に、娘の顔が見たくなったんだ」

父はそんなアメリカ人のような愛情深い台詞を、ぎこちない口調で言った。

市営バスの運転手を定年まで勤め上げた父は、家族の前で声を荒らげた姿を見たことがない温厚で静かな人だ。けれど一方で、必要最低限のことしか話さない寡黙《かもく》な人でもあった。

「……何それ？」

真由美は首を捻った。

ひとり娘が産んだ初孫の美咲に一目会いたくてたまらなくなって、いきなりやってきてしまった、というならまだわかるが。

元気そうに見えて父も七十代だ。きっと娘と孫を言い間違えたに違いない。

「お母さんの具合はどう？」

「最近はずいぶん元気そうだ。本当はお母さんも一緒に来たがっていたけれど、病院の先生に行ってもいいか確認してからにしようという話になった。だから、今回はお父さんだけが来たんだ」

「そ、そうなんだ。まさかお父さんがひとりで東京に来るとは思わなかったよ」

東京に来るときの父はいつも、しっかり者で社交的な母に引っ張られるような調子だった。

「……そんなときもあるさ」

「う、うん。そうだね」

どこか調子が狂うな、と思いながらも真由美は頷いた。

「……お母さんから、金目鯛《きんめだい》の煮付けを預かった。それと、一応、公園の向かいのいつもの店で、わさび漬けとわさび海苔《のり》も買ってきた」

父が紙袋を差し出した。

慌てて美咲を抱き直して片手で受け取ると、驚くほど重い。紙袋の中には少々くたびれた大きな銀色の保冷バッグが、真由美に輪をかけて几帳面な母らしくしっかりガムテープで梱包《こんぽう》されて入っていた。

「わっ！　本当？　金目鯛の煮付け、嬉しい！　あの店のわさび漬けとわさび海苔も懐かしいなあ。安くて美味しいんだよね」

胸の中を、磯《いそ》の匂いのする潮風が吹き抜けた気がした。

「お母さんに後でお礼の電話をしなさい」

「うん、もちろん。それにお父さんもありがとう。重かったでしょう？　早く上がって」

父は玄関で靴を脱いで洗面所で手を洗ってから、初めて真由美の腕の中の美咲に気付いた顔をした。

「……お前の小さい頃によく似ているな」

「そう？　自分では、美咲ちゃんって顔のほぼすべてのパーツが健太さん似だと思うんだけれど」

「いや、お前に似ている」

「そ、そう？」

父と二人きりでこんなふうに話すのは、母が入院していたときに実家に手伝いに行って以来だ。あのときは事態が深刻すぎて、父と何を話したかなんてほとんど何も覚えていなかった。

少々ぎこちない会話の中、それでも真由美は父の顔を見たというだけのことで驚くほど胸が軽くなっていると気付いた。

夕飯は母が作った金目鯛の煮付けに加えて、小松菜と人参の胡麻和《ごまあ》えと、冷ややっこ、なめこの味噌汁、さらにかぼちゃのそぼろ煮を作った。もちろん、ご飯のお供にわさび漬けとわさび海苔も並べた。

美咲が生まれてから、健太はほとんど家で夕飯を食べる機会がなかった。たまに早く帰ることができたときには、健太は気を遣って、真由美のために職場のある新宿で少し高級なお弁当を買ってきてくれた。

それに少しも不満はない。健太の優しさはいつもとても嬉しかった。

けれど久しぶりに誰かのために料理の腕を振るうことができると思うと、胸が高鳴った。具材を丁寧に同じ大きさに切り揃え、細かい下ごしらえをしていると、楽しくてたまらずに口元に笑みが浮かんだ。

「ごめん、胡麻が切れていたから、一瞬だけマンションの下のコンビニに買いに行ってきてもいい？」

手早くエプロンを外しながらリビングを覗き込むと、ソファに腰かけた父が腕に美咲を抱いて、真面目な顔でじっとその寝顔を見つめていた。

その光景に真由美の胸が熱くなった。

うんと幼い頃に、家族で一度だけ行ったディズニーランドで、父にずっと抱っこをしてもらっていたことを思い出した。

久しぶりに人と喋りながらの和《なご》やかな夕飯を終えると、父は少し手持ち無沙汰《ぶさた》な様子で、テレビで野球の試合を見始めた。

現役で働いていた頃に家事はほとんどしなかった父の様子から考えると、父に美咲の育児を手伝ってもらおうとは少しも思わなかった。

真由美は美咲の沐浴《もくよく》と自分のシャワーを終えて、リビングと隣り合った寝室で美咲におっぱいをあげた。

今日の美咲は、初めて〝おじいちゃん〟に会ったことで疲れたのか、すごい勢いでおっぱいを飲んでくれた。飲み終わると少しもぐずらずにすやすやと眠り出した。

「美咲ちゃん、今日はとってもいい子だねえ」

そういえば、冷蔵庫にお中元でもらったとらやの水ようかんがあった。父に出してあげよう。

そう思ってリビングに向かおうとしたとき、スマホにメッセージが届いたと気付いた。

「あ、健ちゃんだ」

健太には昼にメッセージを送り、突然、マンションに父が来て一泊することになったと伝えてあった。

《お父さん、ぜひゆっくりしていってくださいと伝えてね。それで、真由美に謝らなくちゃいけないんだけど――》

続いた言葉に、急に世界がどんよりと暗くなるような気がした。

《明日の夜に家に帰ったら、すぐにまた明後日から、今度は関西に出張になったんだ。関西は取引先が多いから、また四泊、ひょっとすると五泊になるかもしれない。明日の午前中には正確なスケジュールがわかるから、また連絡するね》

――嘘でしょ。

息が苦しい。濡れ雑巾《ぞうきん》のように身体が重くなった。

健太の出張はいつものことだ。真由美が妊娠中には、最長で七泊八日の出張が二連続なんてときもあった。

健太は決して真由美を裏切ろうとしているわけでも傷つけようとしているわけでもない。

ただ仕事を頑張っているだけだ。

それをきちんとわかっているはずなのに、どうして私はこんなに苦しいんだろう。

目の前がぐらぐらと揺れていた。

美咲のことを強く胸に抱き、這《は》うような思いでリビングに向かった。

父はテレビに目を向けたままで、真由美のただならぬ様子には気付いていない。

リビングの真ん中には、大きなベビースケールがどんと置かれていた。

——ああ。

呻き声を上げそうになった。

昨夜一晩、どうにかひとりで平静を保つことができたのはこのベビースケールのおかげだった。

美咲がお腹が減って泣き出したら、オムツを替えてから、すぐにベビースケールに乗せて体重を測る。授乳をした後に、また測る。

ネットで検索したところ、新生児の適切な一日の授乳量は、約八十ミリリットルを七回、つまり合計五百六十ミリリットルだと書いてあった。

真由美は朝から晩まで美咲の体重をベビースケールで計量してはおっぱいを飲ませ、五百六十ミリリットルの授乳量を目指し続けた。

美咲が、一度に八十ミリリットルもおっぱいを飲んでくれたことはなかった。ひどいときは、いつもと同じくらい時間をかけても二十ミリリットル程度しか飲んでいないときもあった。

ならばその分、回数を増やそうと躍起《やっき》になった。

必死でおっぱいをあげなくてはと頑張るのは辛かった。けれど何をどうしたらいいかは、はっきりわかっている。

美咲を産んでから、そんな感覚は初めてのことだった。

このことを、どうしても健太に聞いてもらいたかったのに。

美咲のために何をすればいいか明確にわかることで、どれほどすっきり肩の荷が下りた気持ちになるか。つまり、これまではどれほど——。

「……お父さん」

「ん？」

不思議そうな顔で振り返った父が、息を呑んだのがわかった。

「真由美、どうした？　顔が真っ青だぞ」

「お父さん、助けて。健ちゃん、明日帰ってきたらまた次の日に出張に行っちゃうの。またこれからずっとひとりで、美咲ちゃんのお世話をしなくちゃいけないの」

出張は、たった四、五日のことだ。

それが終われば健太は帰ってきてくれる。

けれどその期間が真由美には〝ずっと〟としか言い表すことができないような、長い長いものに思えた。

「……ちょ、ちょっと待ちなさい。すぐにお母さんに訊いてみるから」

父が古い携帯電話を手に、慌てた様子で立ち上がった。

「え？　お母さんに、何を訊くの？」

「いいから、そこに座りなさい。美咲はベビーベッド？、に寝かせておくって言っていたな。お父さんが代わりにやろう。こ、これでいいな？」

父は真由美の腕から美咲を受け取って、ぎこちない手つきでベビーベッドに寝かせた。

「いいから、いいから、そこに座りなさい」

父は立ち上がろうとする真由美を何度も制してから、携帯電話を耳に当てた。

「あ、お母さん？　そうだ。今ここにいる。真由美と電話を代わってもらえるか？　ああ、わかった」

父が真由美に「お母さんだ」と携帯電話を手渡した。

「真由美、大丈夫？　お母さん、そっちへ行ってあげられなくてごめんね」

心配そうな母の声を聞いた瞬間、真由美はわっと泣き崩れた。

「お母さん、あのね。私、悲しくて仕方ないの。美咲ちゃんはすごくすごく可愛くて、今、幸せの絶頂にいるはずなのに、辛くて辛くてたまらないの！」

「真由美、いい？　保健センターの山本さんのアドバイスのとおりにしましょう」

すっと胸が冷えた。

「……どうしてお母さんが山本さんのことを知っているの？」

「うちに連絡をくれたのよ。誰か、今すぐに真由美のところへ行ってあげることができる人はいませんか、って。育児の手伝いなんてできなくてもいいから、とにかく今このときに、真由美の側にいてくれる親しい人が必要なんです、って」

「そんな、どうして」

山本さんの人のよさそうな顔が胸に浮かぶ。

私が絶対に健太に電話をしないで、なんて言ったから、実家に電話をしたってことなの？

ひどい。どうしてそんな大袈裟なこと――。

はっとした。

あの赤ちゃん訪問のアンケートのせいだ。

——自分自身を傷つけるという考えが浮かんできた。

あの質問にわざと周囲を心配させるような答えを書いてしまったせいだ。

あんなアンケート、適当に回答しておけばよかったのに。どうしてあんなネガティブな選択肢を選んでしまったんだろう。

「お母さん、どうしよう、私、赤ちゃん訪問のときに渡されたアンケートに、嘘を書いちゃったの。思ってもいないことを、適当に書いちゃったの。あのせいで、私、美咲ちゃんのお母さんとして失格だと思われたのかもしれない」

「どういうこと？」

「私、少し疲れていたの。少しだけ疲れていたから、精神的に落ち込んでいる人のふりをしたくなったの。そうしたらみんなに優しくしてもらえるんじゃないか、って考えたんだと思う。ストレス発散をしたかったんだと思う」

真由美は携帯電話を強く握りしめた。

いつの間にか頬《ほお》を涙が伝う。

「なんて馬鹿なことをしちゃったんだろう。みんなに迷惑をかけて、こんな大ごとになるなんて思わなかったの。本当にごめんなさい」

「……真由美」

「私、大丈夫だよ。ちゃんと美咲ちゃんのお母さんとして頑張れるよ。今日だって、美咲ちゃんの授乳は五百六十ミリリットルしっかりするし、美咲ちゃんの体重はちゃんと一日に四十グラム増えるはずだし……」

「真由美、お母さんの話をちゃんと聞きなさい！」

これまで聞いたことがないほど厳しい母の声に、真由美ははっと我に返った。

9

真由美は泣き腫《は》らした目で、みどり助産院の蔦に覆われた外壁を見つめた。蔦の葉がさらさらと鳴る。風の音の向こうから、ほんの微かにピアノの音色が聞こえたような気がした。

「……真由美、大丈夫か」

おっかなびっくりという調子の父に訊かれて、真由美は「大丈夫」と、こくりと頷いた。

「おはようございます。井上さん、美咲ちゃん、お待ちしていました」

助産院の前にタクシーが停まる音が聞こえたのだろう。

鉄門を開く前に、中からさおりさんが出迎えてくれた。

この間初めて会ったときの、仔兎《こうさぎ》が飛び跳《は》ねているような元気いっぱいの様子ではない。

かといって腫れ物に触るような扱いでもなく、例えていうなら久しぶりに会う仲間を出迎えるような、さりげない親しみを感じた。

「真由美の父です。今日は、どうぞよろしくお願いいたします」

眠っている美咲を抱いた真由美の傍《かたわ》らで、父が緊張した様子で頭を下げた。

助産院に父親と一緒に来る人なんてすごく珍しいに違いない。真由美自身も、いったいどうしてこうなったのかわからない。

けれどさおりさんは少しも変な顔をせずに、父に頭を下げた。

「こちらこそ、どうぞよろしくお願いいたします。そして申し訳ありませんが、お父さまはこちらの部屋でお待ちいただけたらと思います」

さおりさんがすまなそうに、玄関を入ってすぐのところにある四畳半ほどの小部屋を示した。

小部屋はじゅうたん敷きになっていて、古びた本棚に懐かしいタイトルの少年漫画がずらりと並んでいた。

これまた古い型のテレビには、ひと昔前の大きなゲーム機が接続されていて、卓袱台《ちゃぶだい》の上には個装のお煎餅《せんべい》の入った籠《かご》がある。まるで小学生の頃に遊びに行った友達の家の子供部屋のようだった。

「奥の部屋には男性はお入りいただけないんです。今の時間帯の予約は井上さんと美咲ちゃんだけですが、これから急に、他の赤ちゃんとお母さんが授乳の練習にいらっしゃるかもしれないので」

「……わかりました。もちろんそれで構いません。娘をどうぞよろしくお願いいたします」

何度も頭を下げる父の身体は、ずいぶんと小さく見えた。

「はい、お任せください」

さおりさんがにっこり笑った。

「さあ、おっぱい先生がお待ちですよ」

さおりさんに続いて廊下の奥の部屋に向かう。

通されたのは、二間続きの和室だった。

白いレースカーテンを閉じているのに、驚くほど明るい南向きの部屋だ。

レースカーテンの向こうに広がる庭は、緑に溢《あふ》れていた。

微かにピアノの音楽が流れていた。少ない音の一つ一つを丁寧に鳴らすような、初心者のための練習曲だ。

手前の十畳ほどの部屋には、大きなクマのぬいぐるみが置かれた低いソファがある。畳の上にソファが置かれている。不思議な光景だ。赤ちゃんとお母さんの使いやすさだけを考えているであろうそんなところが、いかにも助産院らしくて安心した。

天井からは、オンラインの画面で見覚えのある、手をつないだ子供を象《かたど》った切り絵のガーランドが下がっていた。

「井上さん、お待ちしていました」

奥の部屋に敷かれた薄い布団の横に、白衣姿の律子先生が座っていた。

今日はマスクで顔が覆われているので、切れ長の目元しかわからない。けれどオンラインで一度マスクを外した顔を知っているので、律子先生の表情は想像できた。

「ベビースケールはいかがでしたか？」

律子先生にまっすぐに目を見られて、真由美は緊張で背筋が強張った。

「は、はい。とてもいい感じです。買ってよかったです」

――でも。

ベビースケールがあってよかった、と心から思うことができたのは、届いたその夜だけだった。

健太がすぐにまた出張に行ってしまうと聞いたその瞬間から、ベビースケールを目にするのも辛かった。自分のおっぱいが足りていないことを思い知らされるようなものに変わってしまったのだ。

本当に私は、何をしてもうまく行かない。

急に涙ぐみそうになった。

「よかったです。では、おっぱいを診《み》せてください。上の服を脱いでこちらの布団に横になってください」

真由美の言葉をカルテに書き留めた律子先生が布団に目を向けた。

「美咲ちゃん、こちらでお預かりしますね」

横からさおりさんが囁いた。

「あ、すみません。ありがとうございます」

さおりさんが壊れそうな芸術品を抱えるように、そっと慎重な手つきで美咲を受け取った。

さおりさんの視線はまっすぐ美咲に注がれている。横顔は真剣だ。

まだ若いさおりさんはきっと、結婚もしていないし子供もいないのだろう。

だからこその人は、赤ちゃんを抱く、という何気ない行為は、一瞬も気が抜けない細心の注意が必要な大仕事だと理解してくれている。

さおりさんが、美咲を胸にしっかり抱いて「よしっ、よかった、起きなかったですね」と笑った。

「よろしくお願いいたします」

真由美は少し安心した気持ちで、上の服を脱いで布団に横たわった。

「失礼いたします」

律子先生が、武道の試合が始まるかのように姿勢を正して深々と頭を下げた。

枕元の洗面器で、タオルの水気を絞《しぼ》る音がした。お湯の匂いがする。

剝《む》き出しの真由美の胸の上に、温かいタオルが置かれた。

――あったかい。

あまりにも気持ちがよくて、大きなため息が漏れた。

律子先生はうどんを捏《こ》ねるように迷いのないリズミカルな手つきで、真由美のおっぱいを解《ほぐ》していく。

律子先生はどこもかしこも鋭い雰囲気の女性に見えた。それなのに、その手だけは大きくてふわふわに柔らかかった。

「おっぱいの出はいいですね。いくつか乳腺《にゅうせん》が詰まっている部分はありましたが、お風呂で乳首の先の詰まりを取るように洗えば、問題ないでしょう」

律子先生がおっぱいをマッサージしながら淡々と言った。

真由美は、うっと下唇を噛みしめた。

駄目だ、泣いちゃ駄目だ。

――おっぱいの出はいいですね。

そんなふうに言ってもらえただけで、どっと力が抜けた。

わからないことばかり、うまく行っているかどうか不安なことばかりのこの生活の中で、小さな〝ＯＫ〟が泣くほど嬉しかった。

でも急に泣き出したりなんてしたら、精神的に不安定な人だと思われてしまう。

こんな状態の人には赤ちゃんを任せておけない、なんて思われてしまったらどうしよう。

「……ありがとうございます。それを聞いて安心しました」

真由美は強張った声で言った。

「それじゃあ、これからも、頑張ってたくさんおっぱいをあげてみます」

「いいえ、それはいけません」

律子先生が静かに、しかし、きっぱりと言い切った。

10

「井上さんに今必要なことは休息です。何も頑張ってはいけません」

「……私は大丈夫です」

真由美は横になったまま首を振った。

「今の井上さんには産後鬱の症状が出ています。保健センターの山本さん、ご両親、そして私。皆の見解が一致しています。今は、美咲ちゃん、そして井上さん自身の健康だけを考えて、周囲に頼るべきときです」

「周囲に頼る……ですか？」

真由美は恐る恐る訊いた。

皆に心配してもらっていることを有難いと思うよりもまず先に、「私だけでは駄目なんだ」と自分を責める気持ちが湧いた。

悲しくなる。

「山本さんのような行政の人たちに、利用できる育児サービスを相談したり、民間のベビーシッターや家事代行を依頼したりすることです。もちろんご家族、つまりご両親や旦那さんにも、できる限りのことを任せるようにしてください」

「できる限りのことというのは……」

「育児に伴うすべてのことです。現代社会で暮らしていれば、育児で母親がやるべきことはすべて父親が代わることができます。それは授乳だって同じです」

　真由美の胸がどきんと鳴る。

「井上さんが休息されている間は、迷うことなく旦那さんにミルクでの授乳をお願いしてください。ミルクというのは、こういうときこそ使うべきものです」

「そんな。私、大丈夫です。休息なんてしなくても大丈夫です。休息なんてしたくないんです。ちゃんと美咲のお世話をしなくちゃいけないんです」

　真由美が身体を起こしかけると、律子先生はマッサージの手を止めた。

　おっぱいを丸出しにして奥歯を嚙みしめた真由美と、律子先生がじっと見つめ合う。

「育児というのは他者との関わりです。すべて理想どおりの形になることは決してありません」

　律子先生がバスタオルを手に取り、真由美の身体に掛けた。

「出産によって、井上さんの身体は傷だらけになりました。産後の身体を、交通事故に遭った直後と表現する人もいるくらいのダメージです。そんな身体で、さらに妊娠前と出産後ではホルモンバランスが急激に変化し、生活の形態もこれまでとはまったく違ったものになります。何から何まで新しい変化だらけです」

律子先生がバスタオル越しに、大きな熱い掌を真由美の背中に当てた。

「今までの人生にない大きな変化、というのは、すべての人の心身にとても負担をかけるものです」

――変化。

わくわくする前向きな意味を携《たずさ》えているはずのその言葉が、鋭い痛みを伴って真由美の胸に響いた。

「私、コロナ禍の……」

真由美は呻いた。

「コロナ禍が始まったばかりのあのときみたいな気持ちなんです。家にずっと閉じ籠って、本当にこれでいいんだろうか、これからどうなるんだろうか、ってあれこれ考えてばかりいて。これから先の将来がいつも不安でたまらないんです」

真由美は身を乗り出した。

10．自分自身を傷つけるという考えが浮かんできた。

あの恐ろしい質問に対して、引き寄せられるように、

(3)　はい、かなりしばしばそうだった。

という答えに○をつけてしまったこと。

そんな返答をすればとても心配されてしまうとわかっているのに、あのときは、そう答えるしかなかった。

やはり私の心と身体は疲れている。今ここで生きていることが不思議なくらい、疲れ切って限界を迎えているのだ。

「コロナ以降の時代に赤ちゃんの育児をすることは、とても大変なことだと感じています。人と積極的に関わることを控えるべきだ、という新しい常識は、お母さんをより孤独にすることにつながります」

律子先生が厳しい顔をした。

「ですから井上さんは、より真剣にご自身の心身の健康にも気を配ってください。決して無理をしないでください」

律子先生の力が籠った口調に、真由美はこくんと頷いた。

頭が真っ白になった気がする。

今はどこまでも真っ白になって、先のことを少しも考えずにただただゆっくりと休みたかった。

「先ほど、育児がすべて思いどおりになるということは決してないと言いました。同時に覚えておいていただきたいのは、育児に完全な失敗はないということです。いつからでも、いくらでもやり直しがききます」

「……本当ですか？」

「本当です。育児にゴールはありませんから」

律子先生は口元を引きしめてきっぱりと言い切った。

「育児でやりたいこと、美咲ちゃんにやってあげたかったことは、井上さんの心と身体がじゅうぶんに回復してからでも必ず間に合います。ですからどうぞ安心して休息を取ってください」

ふいに美咲の泣き声が響き渡った。

「あ、美咲ちゃん、お目覚めですね。お母さんのところへ行きましょうか」

さおりさんが、胸に抱いた美咲に真面目な顔で話しかけながらこちらにやってきた。

「美咲ちゃんをお連れしました」

さおりさんは先ほどと同じ、慎重な手つきで美咲をこちらにそっと差し出す。

「ありがとうございます。えっと……」

真由美は、ちょうどそこにあったおっぱいを、急いで美咲の口元に差し出した。

美咲は大きく首を振って、真由美のおっぱいを手で押し返す。

「美咲ちゃん、ほら、おっぱいだよ」

美咲は身体をのけぞらせて、いかにも悲しそうに大きな声で泣き続ける。

——どうしよう。やっぱり私のおっぱいは……。

そんな不安に真由美の顔が強張ったそのとき。

「美咲ちゃん、たくさんおしゃべりしていますね」

律子先生が微笑《ほほえ》んだ。

マスクに覆われた顔から覗く切れ長の目が、驚くほど優しい。

「えっ？」

「赤ちゃんが泣いているのは、ただお腹が減っていたり、不快を伝えたりしたいからというだけではありません。ただ、お母さんとおしゃべりがしたくて、お母さんに構って欲しくて泣いているときもあるんですよ」

真由美は美咲の泣き顔を見下ろした。

こうして泣いているとき、美咲は悲しくて苦しいのだとばかり思っていた。何かしてあげなくちゃ、問題を解決して泣き止んでもらわなくちゃ。どこかで私が何かを間違えているはずだ。どこかに正しい対処方法があるはずだ。

真由美は美咲の泣き声を聞くたびに、そんなことばかりを考えてひたすら焦っていた。

——でも。

「……美咲ちゃん、おしゃべりだしたかったの?」

話しかけてみたら、ほんの一瞬だけ、泣いている美咲の目がこちらをちらりと見たような気がした。

その顔があまりにも可愛らしくて、胸に温かいものが広がった。

「私も、美咲ちゃんとおしゃべりがしたいよ。だから、ほんのちょっとだけ待っていてね。少し休んでママが元気になったら、たくさん、たくさんおしゃべりしようね」

真由美は真っ赤な顔をして泣く美咲を、胸にしっかりと抱きしめた。

11

ゆっくり美咲におっぱいをあげたりオムツを替えたりしてから、真由美は荷物をまとめて父が待つ入り口近くの小部屋に向かった。

たっぷり一時間以上、待たせてしまった。きっと待ちくたびれているに違いない。

「お父さん？　遅くなってごめんね」

申し訳ない気持ちで引き戸を開けると、父は卓袱台の前の座椅子に腰かけて、うとうとと居眠りをしていた。

父は真由美が小部屋に入ってきたことにも気付かずに眠っている。

保健センターの山本さんから連絡を受けたすぐ次の日に、母に言われて南伊豆から慌てて真由美のマンションまで駆け付けてくれたのだ。ずいぶん疲れているのだろう。

ふいに、真由美の胸の中に自分が幼い頃の父の姿が浮かんだ。

父の仕事はバスの運転手だ。早いときは明け方前に家を出て、遅いときは日付が変わってから家に戻ってきた。土日が休みではない勤務形態なので、家族で連れ立って出かけた思い出もほとんどない。

父はいつも忙しそうに働いていて、家のことをすべて母に任せきりの人だった。

そんな父が、真由美のために、美咲のために〝おっぱい先生〟のところに一緒に来てくれている。漫画とゲームに囲まれた部屋で居心地悪そうにしながら、文句ひとつ言わずに真由美のことを待ってくれている。

それは不思議な光景だった。

「……あ、終わったのか」

真由美に気付いた父が、まだ眠そうな声で言った。

「今さっき、健太くんが羽田に着いたと連絡をくれた。皆の分、弁当を買ってきてくれるそうだ」

「もう？　帰りの飛行機って夕方じゃなかった？」

真由美は首を傾げた。

「早く戻ることにしたそうだ」

「どうして？」

「お父さんが、健太くんと電話で話した」

真由美は目を丸くした。

父と健太が二人で何か大事なことを話し合っている姿なんて、想像もつかない。

「何を話したの？」

「……さあな。早く帰ってくるっていうんだから、それでいいじゃないか」

父がとぼけた顔をした。

「お父さん、ありがとう」

真由美は目に涙を溜めて言った。

これ以上の言葉は、照れくさいけれど。

すぐに駆け付けてくれて、側にいてくれてありがとうと言いたかった。

始まったばかりの新しいこの世界で、もっと不安を分かち合いたい、もっとお喋りがしたい、もっと誰かと関わりたかった。

美咲が理由もなく泣くのと同じように、真由美も疲れ切った身体でただただ切実に人との関わりを求めていた。

「お父さん、私ね、まずは少し心と身体を休めようと思うの。山本さんに相談してできる限りの行政のサービスを利用して、もしも私に専門的な治療が必要だとしたら、産後鬱に詳しい病院を探して……」

「井上さん、そこまでです」

振り返ると、いつの間にか背後に立っていた律子先生が、静かに首を横に振った。

「それを考えるのは私たちの仕事です。どうぞ今は、周囲に全面的に頼ってください。お父さま、もしよろしければ今から少し、今後のことをご相談させていただけますか？　もちろんお母さまとお電話をつないでいただいて構いませんし、旦那さんにも後から確認していただくために、こちらで会話を録音してメールでお送りすることもできます」

律子先生が父に目を向けた。

「はい、もちろんです」

父が頷いた。

「あ……」

真由美は思わず、私は大丈夫です、と言ってしまいそうになる。

律子先生が真由美に向き合った。

「井上さん、安心してください。私たちはあなたの味方です。あなたを見守っているだけなんです」

——見守っている。

真由美は大きく息を吸って、吐いた。

大丈夫。律子先生は、山本さんは、お父さんとお母さんは、健太は、私がちゃんと育児ができるかどうかを判じようとしているわけではない。この人は頼りない、と呆《あき》れられているわけでもない。

ただ私は、皆に見守ってもらっている。

何も怖いことはない。悲しむこともない。

ただ私は、皆に差し出された手を握って、心と身体をゆっくり回復させればいいのだ。

そう静かに自分に言い聞かせようとすると、お腹がちくりと痛む。腰も、背中も、目も、頭も、きりきりと痛む。

ああ、疲れた。どうしようもないくらい疲れた。心が、身体中が、痛くてたまらない。

誰か、どうか、私のことを助けてください。

「わかりました。美咲のことを、どうぞよろしくお願いします」

そう言葉を絞り出したとき、律子先生があの柔らかくてうんと熱い手で、真由美の背をそっと抱いた。

第二話
おっぱいと「イクメン」

1

奥寺梓《おくでらあずさ》はキーボードを打ちながら、パソコンの画面の右下に表示されるデジタル時計に目を向けた。十一時四十五分だ。

「よしっ！　キリがいいところで、みんなでランチに行こうか」

梓の職場は丸《まる》の内《うち》のオフィス街の中心地だ。データサイエンスを活用するＩＴ企業の広告営業をしている。

昼の十二時を過ぎると、ビルの前の通りはスーツ姿のサラリーマンで溢れ返る。

「杉村《すぎむら》さん、トラットリア・アルモ、先に行って席、取っておいて」

オフィスからすぐのところにある安くて美味しいイタリアンの店、トラットリア・アルモは、ランチタイムには行列ができる人気店だ。

「わかりました！　いってきます！」

弾かれたように勢いよく立ち上がったのは、入社二年目の杉村涼太《りょうた》だ。

細身の身体には、そこそこ仕立てのよいスーツがまだ馴染《なじ》んでいない。まるで高校生が制服を着ているように見える。よく言えばフレッシュな、悪く言えばまだまだ半人前の二十四歳だ。

「先にオーダーもお願い。ランチコースB。選べるメニューは店長に今日のオススメを訊いて、それにしちゃって。みんな、それでいいよね？　このメンバーは確か食べ物にアレルギーがある人はいなかった気がしたけど、私が間違えていたらすぐに教えてね」

杉村を含めて四人の部下たちが「もちろんです！」「大丈夫でーす」「わーい！　アルモのランチ楽しみです」「私はアレルギーとかないです」と次々に頷く。

「よかった。最近、若干、頭の回転が鈍くなってる気がするからさ」

梓は大きくせり出したお腹を撫でた。

「まさか！　奥寺さん、至っていつもどおりに鋭いですよ。尖りまくってます！」

部下の男性社員の言葉に、梓は「それはよかった、ありがとう」と苦笑した。

――よっこいしょ、っと。

そんなお年寄りじみた掛け声を胸の中で唱えて、梓は立ち上がった。

今日のランチの会計は、当然、梓が持つ。

梓の出産予定日は来月末だ。明日から産休、育休に入るので、次にこのメンバーと顔を合わせるのは二年近く先になる。

もっとも、二年は凄《すさ》まじく長い。全員が同じポジションでここにいる、ということはまずないだろう。梓自身の社内での立場もきっと大きく変わる。

四十三歳。ようやく自分の思うように仕事を進めることができて、努力に見合った評価を得ることができるようになった、社会人としていちばん旬の時期、楽しい時期だ。

この年齢で、年単位の産休、育休を取ってしまえば、これまで周囲から〝爆走〟とまで言い表されていた昇進への道は、きっとあっさり途絶える。

だが今この時期の妊娠出産は、間違いなく最後のチャンスでもあった。

夫の弘樹《ひろき》と幾度も夜を徹して話し合った末に決めた。すべてをわかった上での選択だった。

しかしどれだけ覚悟を決めたつもりでも、第一線を離れてしまうことにどこか寂しい気持ちがあるのは間違いない。

「ランチコースBですね。お任せくださいっ！」

――おっと。

今にも飛び出そうとする杉村を呼び止める。

「ちょっと待って。何か忘れてない？」

「えっ？」

杉村が、眉を下げた悲痛な顔をした。

・

「よーく見てごらん?」

梓が杉村のパソコンの画面に鋭い目を向けると、杉村がはっと気付いた。

「セキュリティ、忘れていました!」

IT企業を名乗っているのだから、当然社内のシステムは厳重なセキュリティで守られている……はずだった。しかし杉村のパソコンの画面は、まるで学生のように書きかけの文書が開かれたままだった。

最初の一度はまだしも、二度、三度とセキュリティロックをかけずに席を立つことが重なったときは、さすがにこの子はいったい何を考えているんだ、ありえない、と青ざめた。

この調子だと杉村はいつか大変なミスをしでかす。入社面接で杉村を採用したことは間違いだったのかもしれない、なんて頭を抱えたりもした。

だが杉村は、その一点を除けば、笑ってしまうくらい何をさせても呑み込みが早く、優秀で有望な若手社員だった。

この杉村は、急ぎの用を命じられると異常に焦る。目の前のすべてを最悪のタイミングで投げ出してまでも、今その場で命じられたことに飛びつこうとする、という性格の癖《くせ》がある。

ある瞬間にそう気付いてからは、上司である梓自身が、指示の出し方に細心の注意を払おうと決めた。

「あなたの能力は買ってる。信頼していないって意味じゃない。恥をかかせたいわけじゃないの。けど、チームとしての致命的なミスを防ぐために、最良の結果を出すために、セキュリティの件は私から逐一《ちくいち》、声をかけさせてもらうね？」

何度目かのミスを指摘した際、ミーティングルームに杉村を呼び出してそう伝えると、杉村は「そんなふうに言っていただけるなんて、思っていませんでした」と目に涙を溜めていた。

大きなお腹を抱えてトイレに寄った梓が、皆に少し遅れてトラットリア・アルモの店内に入ると、奥の席では、ちょうどランチコースBのサラダが運ばれたところだった。

「あ、奥寺さんのコーヒーは、カフェイン抜きのデカフェを頼んでおきました」

杉村が得意げに言った。

「ありがとう、妊婦はなるべくカフェインを摂《と》らないほうがいいって、よく知ってるね。杉村さんの年齢で、それを知っているのはなかなか偉いよ」

梓がお礼を言うと、杉村は、

「今は何でもネットで調べられますから」

と、嬉しそうにはにかんだ。

四十三歳の梓にとって息子のような年齢の杉村が、妊娠中の上司への対応方法をわざわざネットで調べてくれた、というのは悪い気はしない。

杉村は、周囲がそこまでしなくても、と思うような情報収集を少しも面倒がらずにさらりとできてしまう。そんな気が回るところは、今後取引先に大いに喜ばれるだろう。

人は誰もが完璧ではない。皆で協力して欠けている部分を補い合い、チームとして最高のパフォーマンスを目指せばよいのだ。

部下を持つようになってから、梓には、一見当たり前とも思えるこんな言葉がやけに身に染《し》みるようになってきた。

「奥寺さんの旦那さんって、育休を取得されるんですよね？」

梓の隣に座った部下の女性、北原《きたはら》さんが、パプリカやミニトマト、ビーツが載った色鮮やかなサラダを美味《おい》しそうに頰張りながら訊いた。

三十代前半で独身の北原さんは、この部署の誰よりも優秀で、おまけにお洒落《しやれ》で、美人だ。

帰国子女らしくカラーレスのメイクに太いアイラインを引き、いつも背筋が伸びて凛《りん》とした雰囲気の彼女は、「早く結婚したいなあ」なんて、つまらないことは決して口に出さないタイプの女性だ。

きっと梓の産休育休中に北原さんはたくさんの大きな仕事を任されて、すごい勢いで出世をするに違いない。

「うん、向こうもそれなりの企業だからね。男性の育児休業取得に積極的みたい」

二つ年上の夫の弘樹は、国内大手の保険会社の管理職だ。

社内では、育休を取得するのは〝後進のため〟と言い切れるくらいのポジションにいる。

「今って、最大で一年くらい、男性でも育休が取れるんですよね？」

「さすがにそんなに長くは無理だけどね。しばらく私が抜ける分、向こうにしっかり稼いでもらわなくちゃいけないし。夫の育休期間は一ヶ月」

梓は瑞々《みずみず》しいサラダをばりばりと口に押し込みながら笑った。

妊娠九ヶ月のお腹が胃を圧迫して、すぐにお腹いっぱいになってしまう。なのに妊娠後期から急激に食欲が増しているせいで、食べ物が美味しくて仕方ない。

「それでも産後の一ヶ月、旦那さんが全面的に育児に関わる時間が取れるというのはすごいことですね。いい時代になりましたよね」

北原さんが、梓の夫に対して「育児を手伝う」「育児に協力する」という言葉を決して使わないように気を配って喋っているのが伝わった。

「うん、産後ってとにかく大変らしいよね。二時間以上まとめて眠れることはない、とか恐ろしい話を聞いて、私ひとりじゃ絶対に無理だと思ったよ」

梓はわざとどこか他人事《ひとごと》のように言った。

職場で妊娠出産について話すときは、いつもこんな冷めた口調にすると決めていた。

実際、梓自身も、妊娠出産にきらきら輝く夢を抱いているわけでもない。

経験者の生々しく、悲惨な話はいくらでも耳に入ってきていた。

おそらく産後の新生児との生活は、私のこれまでの人生の成功体験をぶち壊しにするような日々になるだろう。そんな覚悟もできていた。

だから弘樹の会社が積極的に男性の育休取得を推進し始めたことも、妊娠を決意した大きな理由の一つだった。

「私の友人は旦那さんが海外に単身赴任中で、産後は完全にワンオペになるとわかっていたので、産後ケア施設、というところにしばらく泊まっていました。ハワイ旅行に行けるくらいの費用がかかったみたいですが」

部下の男性社員二人は、さりげなく、まるで梓と北原さんを気遣うかのように別の話を始めた。

既婚者で子供がいるこの二人は、妻の出産の際はほぼ育児に関わらずに仕事に邁進《まいしん》してきたのだろう。

梓としては、敢《あ》えてそんな彼らのことを攻撃するつもりは毛頭ない。それぞれの家庭にはそれぞれの事情がある。こんなふうにさりげなく話の輪から外れてくれるのはむしろ有難い。

「産後ケア施設、気になってた。湘南《しょうなん》の海辺にある、ホテルみたいな施設だよね？」

北原さんに向かい合う。

「はい、たしか茅ヶ崎《ちがさき》の東海岸って言っていました」

「あそこ、そんなに高額なんだね。パンフレットだけは取り寄せてあるの。いろいろ忙しくて、まだ封も開けていなかったけど」

一方、杉村は男性二人の話の輪には入らず、目を大きく見開いて女同士の会話を真剣に聞いていた。

「……女の人って、すごく大変なんですね」

杉村がぽつりと言った。

梓と北原さんは顔を見合わせた。

目くばせをして、にやりと笑う。

「この会話でそれはちょっと違うと思うよ。思いっきり、直接的に、男にも関係ある話だよ」

杉村がきょとんとした顔をしてから、

「確かにそうですね。奥寺さんの言うとおりです」

素直にそう答えて頭を掻いた。

「妊娠出産、って、僕にとってはあまりにも現実感がなくて。でも、もしも将来子供を持つことになったら、もちろん父親だって当事者ですよね。すみません」

「わかってくれればいいのよ。確かに、今の杉村さんにはまったく現実感がない話だよね」

梓は北原さんと微笑み合った。

2

「お世話になりました。ありがとうございます」

梓は一週間前に生まれたばかりの拓斗《たくと》を胸に抱いて、見送りに来てくれた担当看護師に深々と頭を下げた。

「おめでとうございます。拓斗くん、また一週間後の健診で会おうね。あ、お写真……」

看護師が、はっと気付いた顔をした。

産院のエントランスには、病院名のエンブレムと生花が飾られた〝撮影スポット〟がある。

しかし弘樹は、既に入院用の荷物を抱えて駐車場に車を取りに行ってしまった。外はしとしとと小雨が降っていた。今は写真撮影に時間を取られるよりも、早く家に帰ってゆっくりしたい。

「せっかくですから、私、ご主人が戻るのをお待ちしますけれど……」

看護師がカメラのシャッターを押す仕草をする。

「写真は、入院中にたくさん撮っていただいたので大丈夫です。家に帰ってからも撮れますし。お忙しいと思いますので、もうこちらで結構ですよ。お仕事に戻られてください」

梓はにこやかに言った。

「そ、そうですか？　本当に大丈夫ですか？」

まだ二十代半ばくらいの看護師は、信じられないというように目を丸くした。

「はい、大丈夫です」

力強く断言して、梓は話を切り上げるように「お世話になりました」と頭を下げた。

元から、さほど記念撮影という行為には興味がない。

イベント会場で看板を前にしての撮影用の列ができていても見向きもしなかったし、デイズニーランドでもキャラクターとの記念撮影よりも、アトラクションに一刻も早く並ぶことに命を懸けていた。

なのに産後の入院中のほんの数日で、これまでの十年分をはるかに超える数の写真を撮影した。少々疲れていた。

エントランスの雨除《あまよ》けの下に、弘樹が運転するファミリータイプのワゴンが滑り込んでくる。

「ありがとう。雨になるとは思わなかったね。弘樹がいてくれてよかった」

梓は拓斗を抱いて後部座席に乗り込んだ。

「ベビーシート、座らせ方わかる？　ベルトの締め方も。俺がやろうか？」

運転席の弘樹が、少々強張った声で訊いた。

「やったことないけど、たぶんわかる。大丈夫」

梓は新生児用のクッションが装着されたベビーシートに拓斗を乗せて、慎重にベルトを締めた。

ベルトをいちばん短くしても、付属のクッションを使っても、ベビーシートの中の拓斗の身体は小さすぎて、何とも危なっかしい。

今、追突事故が起きたら、とてもとても危険だ。

そんな縁起でもないことを、事実として淡々と懸念する。

「できた。とりあえずはこれで大丈夫なはず」

「じゃ、出発するよ」

弘樹が恐る恐る、というように滑《なめ》らかに車を発進させた。

梓は、いつ何が起きてもこの子は私が守るぞ、という気持ちで、拓斗の身体の上に手を当てて全身を強張らせた。

生後一週間の拓斗は、泣いているとき以外はまだほぼ表情がない。顔は赤くて皺くちゃで、髪は産毛のようなものがぽやっと生えているだけで、黒目だけが艶《つや》やかに輝くお猿の子のようだ。

けれど拓斗の表情は、車の窓の向こうの外の光にどこか緊張しているように見えた。

「そういえばさ、川畑《かわばた》って覚えてる？　学生時代に同じ寮だった仲間でさ、結婚式でスピーチしてくれた奴。梓の入院中に、あいつと久しぶりに会ったんだけど……」

「安全運転でお願いします」

梓はぴしゃりと遮《さえぎ》った。

「全身全霊の、安全運転でお願いします。私、今、すごく緊張してるの」

一瞬の沈黙の後、弘樹がくくっと笑った。

「ごめん」

「わかってくれるでしょう？」

梓も一緒に笑う。

「確かに川畑の話とかしている場合じゃないよな。俺もすごく緊張しているからさ、何話してるのか、よくわかんないんだよな」

「じゃあ、とにかく今は運転に集中していて」

「うん、そうするよ」

車内に沈黙が訪れる。二人とも緊張していた。しかし少しも強張った空気ではない。梓と弘樹、そして拓斗との間には、背筋が伸びるような、新たな何かが始まるような、心地よい緊張感と希望が満ちていた。

二十分ほどで、車は自宅の駐車場に着いた。

さほど広くはない敷地に三階建ての家がみっちり並んだ、どこか牛乳パックを思わせる新築の建売住宅だ。

世田谷線沿線の住宅地にあるこの家は、梓と弘樹の職場がある丸の内エリアからは少し乗り換えが面倒な場所だ。しかし子育て世帯が暮らしやすい環境が整っていることから、夫婦でがっつりローンを組んで一戸建ての購入を決めた。

「おかえりなさい！　あら、そうじゃなくて、いらっしゃい、はじめまして、って言ったほうがいいのかしら？」

車の音を聞きつけて、玄関からレースの手作りマスク姿の梓の母が現れた。

今日の母は、花柄のシャツを着てずいぶん華やかだ。

練馬《ねりま》の実家でひとりで暮らす母は、退院の日の今日だけ、家に手伝いに来てくれることになっていた。

もっとも手伝いとはいっても、この家の家事は弘樹ひとりで問題なくできる。ただただ居ても立ってもいられずに、拓斗に会いに来たというのが正しい。

コロナ禍以降、病院の面会の条件はとても厳しくなった。

緊急事態宣言が出ていた時期などは、立ち会い出産はおろか、退院まで配偶者の面会さえもできなかったという。

あれから面会の条件が大きく緩和された病院もあったというが、梓が出産した病院では、今でも入院中の面会は配偶者だけと決まっていた。

「きゃあ、拓斗ちゃん、可愛い！」

玄関で梓の腕の中を覗き込んだ母が、まるで十代の少女のように甲高い声を出した。

「抱っこしてもいいかしら？」

「いいけど、絶対落っことさないでね」

「嫌ねえ、そんなことするわけないでしょう。大事に、大事に抱っこします」

母は顔を真っ赤にして、拓斗を抱きしめた。

「こんにちは、はじめまして、おばあちゃんですよ」

嬉し涙を浮かべてでれでれになっている母に拓斗を任せて、梓は二階に上がりリビングのソファに腰を下ろした。

ローテーブルの上に、リボンのついた小さな紙袋が置いてあった。

「これ、何？」

梓は弘樹を見上げた。

「何だと思う？」

弘樹が紙袋を差し出した。紙袋に〝MIKIMOTO〟と書いてあるのに気付いて梓は目を丸くした。

「嘘！　ありがとう、嬉しい！」

白く輝くパールケースから出てきたのは、艶々の虹色の光を放つ真珠のネックレスだ。

「これって、ミキモトのマチネだよね？　覚えていてくれたの？」

ミキモトのマチネーレングスは、長めの約六十センチの真珠のネックレスだ。

冠婚葬祭用のチョーカータイプの堅苦しいネックレスではなく、少しお洒落をするときにさらりと身に着けられるカジュアルな雰囲気がある。もっとも、お値段は決して〝さらりと身に着けられる〟ようなものではないが、いつか欲しいと思っていた憧《あこが》れの品だ。

「着けてみる？」

「もちろん！」

弘樹に手伝ってもらってネックレスを着けた。真珠のネックレスは着けた瞬間だけひんやり冷たくて、すぐに肌に馴染む。

梓は胸元の真珠をそっと撫でた。

粒の形が揃った真珠の乳白色に、淡いピンクとグリーンの干渉光がきらめく。

「鏡、鏡、えっと……」

この家では鏡は一階の洗面所にしかない。産後の身体での急な階段の上り下りは、正直思った以上にきつかった。

梓は一瞬迷ってから、スマホのインカメラで自分の姿を写した。

目が覚めるように美しい真珠のネックレスを着けた自分が、幸せそうな笑顔を浮かべていた。目元が多少窶《やつ》れてはいるけれど、思ったよりは悪くない。

「梓、出産、お疲れさま。頑張ってくれてありがとう」

弘樹が後ろから梓の肩を抱いて、カメラを覗き込む。にっこり笑顔を浮かべて動きを止める。

「写真、早く撮って」

「えっ？」

梓はきょとんとした顔をした。

「記念撮影のつもりでカメラにしたんじゃないの？」

弘樹のほうも不思議そうな顔だ。

「え？　あ、そうか。それでもいいよ。撮ろうか」

「それでもいいよ、って……。梓って本当に面白いよな。そういうところ好きだよ」

弘樹が心から可笑《おか》しそうにゲラゲラ笑う。

「私も……」

私も、弘樹のことが好きだ。

家事育児は女がやるもの、なんて古い考えに決して囚《とら》われない、賢《かしこ》く柔軟な人。それに私のこと、そしてこれから拓斗のことも、間違いなく全身全霊で大切にしてくれる弘樹が好きだ。

「拓斗ちゃん、それじゃあ二階を案内しましょうね。ここはリビングとキッチンで――やだ、弘樹さんからのプレゼント、やっぱりミキモトのパールだったのね？　すごいわ、梓、あなたは本当に幸せよ」

拓斗を抱いた母の歓声に、梓は心から満たされた気持ちで微笑んだ。

3

生後一ヶ月までの新生児期は、昼夜関係なくほぼ二時間おきに、一日十二回程度の授乳が必要だ。

母乳にはさまざまな免疫《めんえき》物質が含まれている。ＷＨＯでは生後一時間以内に母乳育児を開始し、生後六ヶ月間は完全母乳での育児が推奨《すいしょう》されていた。

だが現実問題として、お母さんの母乳の出には個人差がある。

梓は、ネット上で見ることができる公的機関が発表した様々な統計を検討した結果、「完全母乳」という形にこだわる必要はないと考えて、母乳とミルクの混合育児をすると決めた。

授乳以外のお世話で必要なことは、オムツを替えることと、夜に沐浴をすることだけだ。

梓は弘樹と話し合い、弘樹の育休中は「夜十一時から朝七時までの深夜～朝の時間帯は、拓斗のお世話は弘樹が担当する。それ以外の時間は、基本的に梓がメインで担当する」というルールを定めた。

弘樹は若い頃から夜型で、四十歳を過ぎても週末は映画を観たりゲームをしたりして徹夜をすることがあった。

――育休のうちは俺が昼夜逆転生活に切り替えればいいだけだろ？　余裕だよ。梓は夜にちゃんと寝るようにして。

そんなふうに弘樹に言われて、梓は心からほっとした。

ネットで調べた体験談によれば、産後のお母さんは、とにかくまとまった睡眠時間を取れないことが何よりも辛いという意見が多かった。

睡眠時間が少なければ精神的に不安定になるし、体調も崩しやすくなる。それでもとにかくひとりで新生児の育児を続けなくてはいけない状況になれば、産後鬱になっても少しもおかしくない。

三十代半ばあたりから、梓は日々の暮らしにおいて睡眠時間の確保は何より最優先すべきことだと思っていた。

ストイックなまでに早寝早起きを守る梓のこだわりを、ここでも弘樹はきちんと尊重してくれた。

気分転換にスマホをいじる時間なども含めて、少なめに見積もっても六時間以上、毎日確実に睡眠時間を確保できれば、きっと産後は問題なく乗り切ることができるに違いない。

そう思った。


この家に拓斗がやってきて一週間が過ぎた。

ちょうど前日に産院での二週間健診も問題なく終えて、ほっと気が抜けた気分だった。ようやく新しい生活にも慣れた気がする。

アラームの音に目を覚ました梓が軽く身支度を整えてリビングへ向かうと、床で弘樹が拓斗を自分の腹の上にうつぶせに寝かせていた。

一瞬、倒れているのかと驚いたが、ぐうぐう、と呑気な寝息の音が聞こえていると気付く。

床には、半分くらい中身が残った哺乳瓶が転がっていた。

哺乳瓶の乳首の先に、五ミリくらいの綿埃《わたぼこり》が付着していた。

「何してるの？」

梓は自分がこんなに冷え切った声が出せることを初めて知った。

「あ、梓、おはよう。昨日、拓斗、ぜんぜん泣き止まなくてさ。お腹の上で揺らしたらその間だけ静かになるんだよね。それをずっとやってたら、いつの間にか俺が寝ちゃったよ」

弘樹が眩《まぶ》しそうに目を細めた。

呑気に大あくびをする。

「……うつぶせ寝、やめようって話さなかったっけ？　窒息事故を防ぐために、拓斗を寝かせるときは、必ず硬いベビーベッドの上にしようって話し合ったはずだよね？」

梓は強張った声で言った。

「いや、でもさ、梓も昨日〝添《そ》い乳《ちち》〟で寝かしつけしていたからさ……」

梓の胸がきゅっと縮んだ。

弘樹の言うとおりだった。赤ちゃんの横でお母さんも寝た状態で授乳をするという〝添い乳〟は、寝入ってしまったお母さんが、赤ちゃんに覆いかぶさってしまい窒息する事故があったと聞いていた。

けれどあのときはすぐ側に弘樹がいて、おまけにこちらをしっかり見てくれていた。梓自身もまったく眠くなかった。

拓斗がおっぱいを飲みながらならばすぐに寝てくれると気付いたので、どうにか安全に添い乳をする方法はないかと、一度だけ試しにやってみただけだ。

「私が悪いの？」

「えっ？　ちょ、ちょっと待って」

弘樹が一気に目が覚めた顔で、拓斗を抱いて身体を起こした。

「うつぶせ寝のこと、俺が悪かったよ。今度から絶対に気を付ける」

「でも、さっき私の……」

「お願い、さっきのは忘れて。寝起きで頭が真っ白だったから、完全に俺の失言！」

弘樹が「許して」と肩を竦《すく》めた。

異常に腹が立った。

「どうして頭が真っ白になるの？　いつも弘樹って、寝起きがいいのが自慢だったはずだよね。それって、私から辛い育児を一晩中押し付けられてる、って意味？」

「ちょ、ちょっとストップ！　待って！　今、ちょっと寝たらだいぶすっきりしたからさ、十時くらいまで上の部屋でもう少し休んでいていいよ」

弘樹は困惑した様子で言った。

「いいよ。頭が真っ白になるくらい疲れているんでしょう？　そんな状態の人には、怖くて拓斗のこと任せられない」

梓は弘樹から奪い取るように拓斗を抱いた。

その温かい身体の重みを感じた途端、先ほどの、呑気にお腹の上に拓斗を乗せてぐうぐう寝ている弘樹の姿が浮かんだ。

どうしてあんなに雑なことができるんだろう。万が一お腹の上の拓斗が床に転がり落ちてしまったら、どうするつもりだったんだろう。拓斗はまだこの世界に生まれて一ヶ月も経っていない、こんなにもか弱い存在なのに。

血が煮えたぎるような怒りが、むくむくと湧き上がる。

目の前がくらりと歪《ゆが》む。

今にも怒鳴《どな》り声を上げそうになったそのとき、梓ははっと我に返った。

いったい何を怒鳴るというんだろう。この怒りの激しさはさすがにおかしい。きっとこれが世に聞く〝産後のホルモンバランスの乱れ〟に違いない。

「……弘樹、ごめん。一晩中、拓斗のお世話をしてくれて疲れてたよね」

頑張ってどうにか優しい声を出したら、かちんと何かがハマった気がした。

弘樹の顔がほっと緩む。

危なかった。これが正解だった。

「いや、梓のほうこそ、何もかも初めてのことばかりで大変だよね。お互いあんまりピリピリしないで、適度にのんびりやろう」

「………」

「梓？」

「う、うん、そうだね。弘樹の言うとおりだね」

梓は慌ててにっこりと笑った。

――お互いあんまり……。

「朝ごはん、今から作るね。一緒に食べよう。今朝はホットケーキにしようか」

「ありがとう。腹減ったわー」

「すぐ作るね。メープルシロップ、テーブルの上に出しておいて」

――お互いあんまり……？

「了解！　梓が料理している間、こっちで拓斗のオムツ替えとくよ」

「うん、お願い。すごい助かる」

梓は拓斗を再び弘樹の腕に預けた。

――お互いあんまりピリピリしないで？　何それ、どういう意味？

梓は胸の中で、低い声で呟いた。

4

その助産院の情報は、ネットのどこにも出ていなかった。

「川畑の子供って男女の双子でさ。奥さんの両親はバリバリ現役で働いていたから周囲に気軽に頼れる人もいなくて、それに男の育休なんてぜんぜん浸透《しんとう》していない頃だったから、奥さんにワンオペで任せることになっちゃって。生後半年の間、本当に本当に大変だったみたいなんだよ。この《みどり助産院》に通ったおかげで、どうにかこうにか生き延びることができたって言っていたからさ。家からも近いし、せっかくだから一度行ってみたら？」

弘樹が、慎重に言葉を選びながら、それでもわざと気軽な口調で言った。

「川畑さんの奥さんってどんな人？」

梓は鋭い目をして訊いた。

「えっと、結婚式のときに一度会っただけだけど、小柄で、ちょっとリスっぽい感じの目が大きい……」

「外見なんて訊いてないから。怪しい宗教とか、極端な自然派団体に傾倒《けいとう》するようなタイプかどうかを訊いているの。育児に悩んでいる母親の心の隙間に付け込むような悪い奴らもいる、っていうでしょ？」

弘樹が、うぐっと黙った。

「……そ、そうかなあ。けど、助産院だよ？」

「助産院って、一切の医療行為を否定するような胡散臭《うさんくさ》いところもあるって聞くから。生後半年以内の赤ちゃんを育てている母親なんて、いくらでもカモにされるよ」

梓は温かく柔らかい拓斗を抱きながら、顔を歪めた。

自分の言葉がキツすぎるのはわかっていた。けれど、胸の中がささくれ立って仕方なかった。

この一週間で、弘樹への愛情は激減した。顔を合わせれば常に喧嘩《けんか》をしていた。

それに合わせて、母乳の出が明らかに少なくなっていた。

梓の〝担当〟である昼間の時間に、拓斗はいつまでもおっぱいを飲み終わらず、途中でおっぱいから口を放して火がついたように泣き出してしまう。

嫌な予感がして、出産前に購入していたベビースケールで計測してみると、三十分近くおっぱいを吸っていて、授乳前後で拓斗の体重がたったの十グラムしか増えていないこともあった。

生後半月でこれしか母乳が出ていないということは、このまま母乳が止まってしまう可能性もある。

最初から母乳育児にはこだわりがなかったはずだが、日々の生活の中に、予想よりもうまく行かないことが存在している、というのは大きなストレスだった。

日々、不安と苛立《いらだ》ちが募《つの》っていく梓のために、弘樹が探してきたのが学生時代の友人の妻が通ったという《みどり助産院》だった。

「はじめまして。奥寺さんですね。私は看護師の田丸さおりと申します。川畑さんのご紹介ですね。あのパワフルな双子ちゃんたち、大きくなったでしょうねえ」

みどり助産院は住宅地の一角にあった。緑色の蔦で覆われた壁に赤い屋根の、古い家だった。

出迎えてくれた田丸さおりと名乗った若い女性は、ジーンズにTシャツ姿で生成り色の清潔そうなエプロンをしていた。

さおりは大きなマスクから覗く綺麗な二重《ふたえ》の目を細めて、屈託《くったく》なく笑った。

「川畑さんは主人の大学の同級生です。ですが私は川畑さんの奥さまとは面識がないんです。双子ちゃんにも会ったことがありません」

この綺麗な女の子は、川畑の妻が「大変だった」ときの個人情報を気さくに話してしまうつもりなのだろうか、と身構えた。

「では、お父さん同士のネットワークで来ていただけたんですね。最近、そういう方が増えています」

さおりは嬉しそうに頷いてから、「今日は拓斗くんは……」と、少し不思議そうな顔をした。

「家で夫がお世話をしてくれています。新生児育児と、私の身体について、じっくりプロの方にご相談したかったので」

「なるほど。そうでしたか。承知いたしました」

さおりがあっさり頷く。「新生児の小さな赤ちゃんを置いて、母親がひとりで出かけるなんて」と非難される心配はなさそうだ。

「さあ、中にどうぞ。〝おっぱい先生〟がお待ちです」

廊下の突き当たりの部屋は、二間続きの陽当たりのよい和室になっていた。

入ると、ぽつんぽつんと雨だれのような優しいピアノの音が聞こえた。

奥の部屋に布団が敷いてあって、傍らに白衣姿の白髪のショートカットの女性が背筋を伸ばして正座していた。

「はじめまして。奥寺梓さんですね。私は助産師の寄本律子と申します。上の服をすべて脱いで、お布団に横になってください。予約の際にお電話で伺ったとおり、母乳の分泌量の低下に悩まれているということでよろしいでしょうか」

久しぶりに、こんなビジネスライクな雰囲気の人と喋った。

少しも優しそうな雰囲気のない人だ。けれど、「お母さん」なんて呼ばれて、甘い声と作り笑顔で赤ちゃんをあやすみたいに話しかけられるよりも、ずっと気楽だ。

「はい、そうです。よろしくお願いいたします」

梓は言われたとおり、ほんの数秒で手早く服を脱いで布団に横になった。

「失礼します」

律子先生は、梓のおっぱいに一礼した。

蒸しタオルをおっぱいの上に置いた。温かくてとても気持ちがいい。

「授乳の頻度《ひんど》を教えていただけますか?」

律子先生が、梓のおっぱいを肋骨《ろっこつ》から剥がすようにマッサージする。

肩を揉《も》まれているのと同じような感覚だ。強張っていたおっぱいの筋肉が解れて、軽く楽になっていく。

こんなマッサージなら大歓迎だ。とりあえず痛い思いをすることはなさそうだ。

梓はゆっくり長く息を吐いて、両目を閉じた。

「授乳は基本的に時間をチェックして三時間以上は間隔《かんかく》を空けないように気を付けています。それ以外にも、息子が泣いたときに随時、という感じです」

「夜間も同じですか？」

「夜の十一時から朝の七時までは夫の担当です。彼も育児休暇を取っているので」

「……そうですか」

梓は目を開けた。

夫の話をした途端、律子先生の声のトーンが変わった気がした。

先ほどさおりが、「お父さん同士のネットワーク」を歓迎する口調だったので、この助産院は、男性の育児参加を全面的に推奨するスタイルなのだと思っていた。

しかし、さおりはとても若い。一方の律子先生は、白髪の雰囲気からすると梓より二回り近く年上の大ベテランだろう。

同じ助産院のスタッフでも、これほど世代が違えば、感覚に大きなギャップがあってもおかしくない。

――マズイな……。

梓は胸の中で呟いた。

律子先生は、育児はすべて母親が担うべきだという考え方だったに違いない。

梓が夜に六時間程度のまとまった睡眠を取ろうとしていると聞いて、母親としての資質に疑問を抱いているかもしれない。

「奥寺さんのおっぱいの母乳の分泌は、今、私が診た限りではとても順調です」

律子先生が、真面目な顔で「おっぱい」と言った。

「でも、明らかに分泌量が減っているときがあるんです」

梓は事実だけをきちんと話そうと、ベビースケールで拓斗を計測したときのことを、具体的な数字を出して説明した。

「それはどんな状況のときでしたか？　授乳前に、何をしていましたか？」

律子先生が梓の顔をまっすぐに見た。

すぐに思い出すことができた。

あのとき、私と弘樹は……。

「よく覚えていません」

梓はわざとそう答えた。

「それでは今度から、授乳前に大きな音を聞いたり緊張するような出来事がないか、気を配ってみてください。母乳の分泌は血液の流れと連動しています。身体が強張って息が浅くなるような交感神経が活発な状態だと血流が悪くなり、同時に母乳の分泌が悪くなります」

すべてを見透かされているような気がした。

あの日、授乳の直前、梓と弘樹は食洗機の食器の入れ方を巡って、激しい口論《こうろん》をしていたのだ。

「わかりました。今、教えていただいたことに気を付けます」

梓は居心地悪い気持ちで頷いた。

「それと、先ほど伺った夜間の育児についてです。もう少し奥寺さんの身体が授乳に慣れるまでは、夜間は、旦那さんがミルクをあげる形ではなく奥寺さん自身が母乳をあげる形がいいかもしれません」

「えっ？」

思わず鋭い声が出てしまった。

「それって、夫に夜間の育児を交代してもらうのは駄目ってことですか？」

そんな。それじゃあいったい何のために弘樹が育休を取ったのかわからない。

「今は、そういう時期といえるかもしれません。夜間の授乳は――」

それから律子先生は母乳がスムーズに出る仕組みについて説明してくれたけれど、梓の耳にはその言葉はほとんど入ってこなかった。

母乳育児を軌道に乗せるためには、せっかく確保したはずの睡眠時間を削らなくてはいけない、というアドバイスに、ただひたすら心の中が真っ黒な雲で覆われていった。

「ありがとうございます」

マッサージが終わって、梓はどんよりと暗い気持ちで服を着た。

「お世話になりました」

もうここへ来ることはないだろう、と曖昧《あいまい》な笑顔を浮かべて帰りかけたとき、

「奥寺さん」

律子先生が梓を呼び止めた。

「もしよろしければ、明後日、もう一度いらしていただけますか？」

「明後日……ですか？」

怪訝そうな顔をした梓に、律子先生は、

「はい。もしよろしければ、ぜひ。拓斗くんも一緒に。施術の間は、さおりさんが赤ちゃんをしっかり預かってくださいます」

と付け加えた。

5

母乳での育児を続けるためには、夜間の育児を弘樹に交代してもらってはいけない、と言われてしまった。

そんな言葉を頭の中でぐるぐる巡らせながら、梓は家路を急いだ。

大袈裟だとわかっていても、涙が出そうになった。

いつまでも泣き止まない拓斗を抱いて家じゅうをうろうろ歩き回ったり、オムツの当て方が下手で拓斗の服がうんちまみれになってしまったり、机の上に置いたはずのボールペンが見当たらないと気付いて、そんなはずはないのに拓斗が誤飲《ごいん》したのかもしれないと青ざめたり……。

初めてのことばかり、わからないことばかりでずっとパニックになっていた一日を終えて、三階の寝室で、ひとりで静かに横になる瞬間。一日のうちで唯一、気を抜くことができるあの時が失われてしまうなんて。

——母乳をあげるのを諦《あきら》めてもいいんじゃないかな。

ちらりとそんなことを考えた。

律子先生が言ったのは新生児の育児全般に対するものではなく、あくまでも母乳育児を続けるためのアドバイスだ。

母乳を与えるのを完全に止めて、ミルクだけでの育児と決めてしまえば、これまでどおり弘樹に夜間の育児を交代してもらっても何の問題もないはずだ。

けれど一秒後には、そんなことを考えた自分に罪悪感を覚えた。

私はまだまだ頑張れる。頑張らなくちゃいけない。母乳を止めなくてはいけない特別な事情があったり、産後の心身の不調で早急に休息が必要な状態ではない。

今のこの状態で、ただ面倒くさいから、と母乳をあげることを止めてしまったら、きっと後になってそのことを過剰なまでに後悔して、さらにあれこれ悩む羽目になるに違いない。

——それじゃあ、弘樹には律子先生のアドバイスを内緒にしておいて、今までどおりの生活リズムの中で、どうにかして母乳が出るように……。

そんなことは簡単にできなかったから、わざわざ母乳育児のプロである〝おっぱい先生〟のところに相談に行ったのだ。

「はあ……。ただいま」

ため息をついて家のドアを開けると、二階リビングから拓斗の大きな泣き声が聞こえていた。

梓がお世話をしている最中にはそうそう聞いたことがない、鋭く甲高い、ぎゃんぎゃん叫ぶような泣き声。通称〝ぎゃん泣き〟だ。

「ただいま。ねえ、拓斗、泣いてるよ？　どうしたの？」

産後に始まった腰痛のせいで、梓は以前のように階段を勢いよく駆け上がることができない。

階段の手すりにしがみつくようにして、重い足取りで階段を上がった。

「おかえり。拓斗、ママの足音怖いって」

真っ赤な顔をして泣く拓斗を抱いた弘樹が、くすっと笑った。

「足音？」

梓は低い声で訊いた。

「どすん、どすん、ってすごい大きな足音だよ。巨大な動物が近づいてくるみたいな。今、拓斗、やっと泣き止みそうだったのに、梓が帰ってきた足音を聞いたら、また怖がって泣いちゃったよ」

テレビの画面には、最新技術のＣＧを駆使した、迷彩服《めいさいふく》姿の男がプレイヤー視点で銃を撃ちまくるテレビゲームが映っていた。床にはリモコンが放り出されている。

同じく床に置かれたペットボトルの炭酸飲料は、蓋《ふた》が開けっ放しだ。ポテトチップスの空き袋もそのまま放置してある。

自分はゲームをやりながら、拓斗のお世話をしていたくせに。

炭酸飲料を飲みながらポテトチップスを食べながら、片手間でお世話をしていたくせに。

産後の悪露《おろ》も、会陰切開や子宮収縮の痛みも、腰の痛みもないくせに。

おまけにこの人は、今日から夜は、私の代わりに三階の寝室でぐっすり眠ることができるのだ。

「……ふざけるなよ」

唸るように言った。

「えっ？」

弘樹が裏返った声を出した。一瞬で顔色が蒼白に変わる。

「ちょ、ちょっと待って。冗談だよ。まさか今ので梓が傷つくなんて思わなくて」

「冗談のセンスがないんだね。少しも面白くなかった」

梓は弘樹を睨《にら》みつけた。

「ご、ごめん」

「ゲームのことだけど。こんな攻撃的なもの、拓斗の目に触れさせないで」

学校の先生のように、両手を腰に当てた。

「攻撃的？　ああ、これ、今、すごい流行《はや》ってて……」

「それと、ゴミ、すぐに片付けてくれるかな？」

「……ごめんなさい」

これは逆《さか》らわないほうがいいと判断したのだろう。

弘樹がしょんぼり背を丸めた。

「早く、拓斗、私に返して」

わざと意地悪く言った。

弘樹から受け取った拓斗を抱くと、ぷよん、と冷たい感触を腕に感じた。

――嘘でしょ!?

一瞬で血が煮えたぎるような気がした。目の前が真っ白になった。

「……ねえ、オムツっていつ替えた？」

拓斗のオムツは、吸水ポリマーがおしっこを吸って何倍にも膨れ上がっていた。水分で膨らみ切ったオムツは、ずっしり重くて冷たくて、まるでお尻に水風船をくっつけているみたいだ。

「え？　梓が出かけたときのままだよ？」

「この状態のまま、哺乳瓶でミルクをあげていたの？　もしかして夜中も、ずっとこんなふうにまったくオムツ替えをしていなかったの？」

こんな状態で長い時間放置されて、拓斗はどれほど気持ち悪かっただろう。

涙ぐみながら詰め寄った。

「いや、夜は、きちんとミルクをあげる前後に必ずオムツ替えをしているよ」

弘樹が心外だ、という顔をする。

「じゃあ、どうして今日はこんなことになってるの？」

「だって、梓、何も言ってくれなかったから」

「はあ!?」

叫んでしまった。

「私のせいなの？」

「だって、いつもは梓が、何をどうしたらいいかすごく細かく指示してくれるからさ。今日は初めて梓がひとりで昼間に出かけるから、何をすればいいか詳しく教えてくれるかと思ってたのに、特に何も言わずにそのまま出かけちゃうから……」

「つまり、私のせいなの？　退院してからずっと二人で育児をしてきたのに、何でこんなこともできないの？　自分で考えられないの？」

梓は目を見開いて詰め寄った。

「勝手なことをして、間違えたらいけないかと思って……」

「わからないなら、ネットで調べればいいでしょ！　知ってた？　今は、何でもネットで調べられるんだよ！」

眉間に皺を寄せて嫌味を言った。

「でも育児って、ネットの情報がすべて正しいわけでもなさそうだからさ。梓に相談してからにしようかと……」

「つまり、あなたはひとりじゃ何もできない、何も決められないってことね！」

梓は拓斗を胸にひしと抱いて、荒い鼻息を吐いた。

「わかった、もう何もしなくていい！」

梓の胸の上で、いつの間にか泣き止んだ拓斗がすやすやと寝息を立てていた。

6

「それではお着替えの間、拓斗くんをお預かりしますね」

さおりが、これ以上ないほど慎重な手つきで拓斗を受け取った。

大丈夫、というように梓の目をまっすぐに見て頷く。

「……ありがとうございます」

服を脱ぎながら、あまりにほっとして思わず涙が出そうになった。

梓は慌てて咳払いをして顔を伏せた。

あれから弘樹と顔を合わせていなかった。

喧嘩をした後も、しばらく手持ち無沙汰な様子で梓と拓斗の周りをうろうろしている弘樹に腹が立ってたまらず、「邪魔だから、どこかに行っていてくれる?」と言ってしまったのだ。

弘樹は傷ついた顔をして一階の北向き四畳半の納戸兼書斎に籠ってしまった。今朝は梓が知らないうちに外に出かけていた。

弘樹に頼らずに一晩中新生児の育児をしたことは、想像以上に辛い体験だった。

拓斗はだいたい二時間おきに目を覚ますので、そこからオムツを替えておっぱいを飲ませて寝かしつける。ただそれの繰り返しだ。

しかし、しっかり睡眠を取っていれば少しも苦ではなかった一連の作業が、深夜の激しい眠気の中では、地獄のように辛かった。

拓斗と一緒に眠ってしまえばいいと思っていた。

しかし一時間半ほどの細切れの睡眠の中で、二日酔いの徹夜明けのような身体の重さ、「起きるぞ！」と気合いを入れて行動を開始するときの苦痛が、一晩で数回繰り返される。

世の中には、一日中ひとりで赤ちゃんのお世話をしている母親がたくさんいる。

それなのにたった一晩で、こんなに疲れ切って落ち込んで、涙もろくなってしまっている自分が恥ずかしかった。

「お待ちしていました」

カルテを一瞥《いちべつ》した律子先生が、にこりともせず、けれど穏やかな声で言った。

「横になってください」

「……はい」

梓は服を脱いで、ぱりっと糊の効いたシーツがかかった薄い布団の上に横になった。

「失礼します」

律子先生が一昨日と同じようにおっぱいに一礼してから、マッサージを始めた。

温かいタオルが梓の胸の上に置かれたら、一瞬で寝落ちしてしまいそうなくらい身体が緩んだ。

「昨日は、どう過ごされていましたか？」

梓は天井を見つめた。クマが手をつないで踊っている形の、折り紙で作った切り絵のガーランドが揺れていた。

――昨日。どこからどこまでを昨日というんだろう。

急に記憶が飛んで、頭が真っ白になった気がした。

「わかりづらい訊き方をしてしまい申し訳ありません。昨夜は、夜間の授乳を試してみましたか？」

律子先生が言い直した。

「はい、先生にアドバイスいただいたとおり、私ひとりで一晩中息子のお世話をしました」

どこか嫌味っぽい言い方になってしまっていないだろうか、とひやりとした。

「お疲れさまでした」

仕事仲間を労《ねぎら》うような律子先生の言葉が、梓の胸にじわじわと広がった。

律子先生の手が、梓のおっぱいを力強く、けれどどこまでも優しく押す。

熱くて柔らかくて大きな手だった。よしよし、と頭を撫でてもらっているような気がした。

すごく気持ちがよかった。

――私のおっぱいは、ほんとうはずっとこんなふうに触って欲しかったんだな。

子供の頃から、女性のおっぱいというのは、セクシーでいやらしいものだと思い込んでいた。

第二次性徴期を迎えておっぱいが膨らみ始めて猛烈に痛痒《いたがゆ》いときから始まって、生理前におっぱいが張って痛くてたまらないときも、妊娠中におっぱいの形や乳首の色がどんどん変化していく最中も。

おっぱいにはあまり触らないようにして、おっぱいのことはできる限り気にしないようにしていた。

自分の身体なのに、おっぱいをしっかり触って凝《こ》りを解したり、ほかほかに温めてあげようとは少しも思わなかった。

「たった一晩ですが……」

梓は天井を見つめて言った。視界が涙で微かにぼやけていた。

「たった一晩ですが、辛かったです。ゆっくり眠れないのはすごく大変でした」

こんな弱音を吐いたら〝おっぱい先生〟に怒られるかもしれない。他のみんなはできているることなのだから、あなたも我慢しなさい、もっと真剣に頑張りなさい、と叱られるかもしれない。

けれども、思わず本音が零れ出た。

「そのたった一晩で、明らかに母乳の分泌量が増えています」

律子先生が言った。

「えっ？　どうして？」

母乳の分泌量が増えている理由がわからない。

「夜間の授乳について、もう一度、説明させていただけますか？」

「は、はい、お願いします」

確か先日、律子先生はきちんと説明してくれたはずだ。なのに梓は、弘樹と夜間の育児を交代できないと言われたことにばかり気を取られて、心ここにあらずの状態になってしまっていたのだ。

「昨夜は奥寺さんにとって、とても大変な経験だったと思います。一晩中、二時間おきに赤ちゃんの泣き声に起こされてお世話をするのは、身体に相当な負担がかかったはずです」

「はい、すごく大変でした。いくら息子のためだとしても、この生活をずっと続けるなんて無理だと感じてしまいました」

梓は素直に打ち明けた。

無理だとしたらどうなるんだろう。どうにもならない。

「私が夜間の授乳をお勧めしたのは、息子さん――拓斗くんのためではありません。この月齢の赤ちゃんは、愛情を持ってお世話をされているならば、誰に育てられても、母乳でもミルクでも、何でも大丈夫です」

「何でも大丈夫、ですか？」

そんな乱暴な、と思った。

「私が夜間の授乳をお勧めしたのは、お母さんの心と身体のためです。お母さんの身体は授乳をすることで『今、自分は赤ちゃんを育てている』ということを知ります。次の授乳までの間隔が短ければ、『私が育てている赤ちゃんは、まだまだ小さいんだ』と脳が認識して、お母さんの身体が、その月齢の赤ちゃんを育てやすいように変わっていきます」

「母乳の分泌量が変わる、という意味ですか？」

「もちろんそれもあります。母乳育児を軌道に乗せるまでは、夜間でも授乳間隔を空けないことが大切です。そしてもう一つ。夜間に授乳をしていると、お母さんの睡眠の取り方も変わってきます。月齢の低い赤ちゃんを育てているお母さんの睡眠は、赤ちゃんと同じように細切れの短い睡眠時間でも体力が回復できるようになるんです」

「それじゃあ、夜間の授乳を続ければ、私の身体はこの細切れ睡眠の生活に慣れてくるってことですか？」

「はい。ほんの数日で、奥寺さんの身体は〝育児用〟に変わります」

律子先生は頷いた。

「旦那さんの育休は生後一ヶ月までと伺いました。旦那さんが職場に復帰するまでの間に、奥寺さんの身体を〝育児用〟に変えておけば、後の心身の負担が軽くなります」

――新生児を育てるためには、コンスタントに母乳を分泌させることで〝育児用〟の身体を作らなくてはいけない。

律子先生の言っていることは、すごく腑《ふ》に落ちた。

ここでも〝お母さんになる〟なんていかにもふんわりした言い方をされたら、抵抗を感じていたかもしれない。

「なるほど。よくわかりました」

梓は少し早口で言った。

仕事をしているときを思い出す。

「それじゃあ、育休中の夫との育児の分担はどうしたらいいと思いますか？」

夜間の育児を交代しないならば、弘樹にはどんな形で育児に関わってもらえばいいのだろう。

「お父さんとの育児の分担は、基本的には時間交代ではなく、日々の暮らしの中でお母さんのサポート業務に回ってもらうのがよいと思います。いずれお父さんがひとりで育児ができるようになってもらうのは大前提ですが、それは出産直後の今である必要はないかもしれません」

律子先生もてきぱきと答える。

「サポート業務に回ってもらう、ということは、私が細かく指示を出すべきだということですか？」

――退院してからずっと二人で育児をしてきたのに、何でこんなこともできないの？

自分で考えられないの？

自分が弘樹に言ってしまった鋭い言葉が胸を過《よぎ》る。

「はい、そう思います」

「私自身も、まだまだ育児に関してわからないことだらけです。不安でいっぱいなんです。夫には、正直、何をどうすればいいのかは自分で考えて欲しい、と思ってしまうんです」

「初めての出来事に直面するときは、その場の皆が混乱しています。まずはチームとしての統制が必要です。チームにはリーダーの役割をする人が不可欠です」

梓は、はっと息を呑んだ。

「チーム、ですか」

赤ちゃんが生まれたばかりの家族に、〝チームとしての統制〟なんて堅苦しい言葉は似合わない。お互いが愛情を持って労《いた》わり合い、助け合うのが家族のはず――。

しかし生まれたばかりの赤ちゃんが目の前にいるということは、そんな綺麗ごとを言っていられない状況だと、梓には痛いほどよくわかっていた。

「……わかりました、チームですね」

梓はしっかりと頷いた。

「マッサージはこれで終わりです。次は一週間後に。それまでにもしも何かありましたら、いつでもご連絡ください」

律子先生が梓のおっぱいに深々と頭を下げた。

「お疲れさまです。拓斗くん、本当に可愛いですね。しっかり抱っこしていますので、ゆっくりお着替えされてくださいね」

さおりが、拓斗の顔をこちらに見せてくれた。

拓斗はぐっすり眠っている。

梓は手早く服を着て、首が据わる前の新生児用のインナークッションを付けた抱っこ紐に、眠ったままの拓斗を入れた。

「今日は、いろいろとありがとうございます。早速、帰ったら夫と話し合ってみます」

梓は身体の前に拓斗を抱き、背中にオムツがたくさん入ったリュックを背負った。お誕生日会の会場のように天井から吊るされた、パステルカラーのガーランドを見上げる。

育児の相談をして、その上おっぱいをマッサージされるなんてとてもプライベートなことなのに、想像していたよりもずっと心が乱されなかったことが不思議だった。

夜間の授乳が辛い、とわんわん泣く羽目にはならなかったし、弘樹への不満を汚い言葉でぶちまけることにもならなかった。

梓はほっと息を吐いた。

おっぱい先生、こと律子先生が、どこまでも適度な距離を保って梓に接してくれたおかげだ。

律子先生のドライな対応に、心から感謝したい気持ちだった。

「そういえば奥寺さんは産休、育休を取得されていますね。お仕事はお好きですか？」

律子先生がカルテを手に訊いた。

「え？　は、はい。好きです。激務だし精神的に疲れることも多々ある業界ですが、私には合っていてやりがいがある仕事です」

唐突《とうとつ》な質問に驚きながら、梓は頷いた。

梓は迷いなく、今の自分の仕事が好きだと言えた。

自分の能力をきちんと評価してくれて、できることもどんどん増えていく。やってみたいことに挑戦もさせてくれるし、優秀な仲間にも恵まれている。

家に籠って拓斗のお世話をし続ける日々の中では遠い夢のように思えてしまうあの職場の光景が、ふっと脳裏を過った。

「でしたらきっと大丈夫です。これまで何かに真剣に取り組んできた方でしたら、きっと育児だってうまくできます」

「………」

梓は黙り込んだ。

「どうかされましたか？」

「……そんなふうに言っていただけるなんて、思っていませんでした」

お母さんになるというのは、赤ちゃんを育てるというのは、これまでの経験がまったく役に立たなくなってしまうことだと思っていた。

妊娠するまでいくら全力で働いていたとしても、お母さんになるというのはそんなに甘いことではない。もう一度、すべて最初からやり直しだ。

そんなふうに身構えてしまっていた。

出産前の自分と、出産後の自分。その二人はまったく別の人になってしまったわけではなく、確かにつながっている。

そう思えたら、ここしばらく見失ってしまっていた自分を取り戻せたような気がした。

「当たり前のことを言っただけです」

律子先生が怪訝そうな顔でそう言ったとき、梓の目から熱い涙が溢れ出した。

7

「ただいま」

帰りにスタバに寄ってから帰宅すると、玄関に弘樹の靴があった。

家に戻ってきてくれたんだ、とひとまず安心する。

このままふらりといなくなってしまうような無責任な人ではないという確信はあった。

だが、弘樹の姿が見えないこの半日はとても心細かった。

コーヒーが入った紙袋を置いて、前に抱いた拓斗に手を添えながら慎重に靴を脱ぐ。

――あ。

弘樹の靴が、ちょっとやりすぎなくらい丁寧に揃えられているのに気付いた。

帰ってきた梓との喧嘩の火種にならないようにと、弘樹なりに相当気を配ったのだろう。

「弘樹？　どこ？」

「おかえり。出かけてたんだね。さっき、『今、どこ？』ってメッセージ送ったけど見た？」

一階の書斎のドアが開いて、ほっとした顔をした弘樹が現れた。

「ごめん、歩いていたからスマホを確認していなかった。心配かけちゃったかな」

梓が謝ると、弘樹は「ついさっき、メッセージ送ったばかりだから気にしないで」と首を横に振った。

「拓斗のお世話、今から俺が代わるよ。昨日、一晩中ひとりで大変だったでしょ。上で寝てきて」

弘樹は気を取り直すように言った。

梓は弘樹の姿をまじまじと見つめた。

弘樹はここ数日でいちばん、顔色がいいように見えた。

久しぶりに昼間に外に出かけることができたおかげだろう。

考えてみれば弘樹は、拓斗が生まれてからずっと昼夜逆転の生活だった。いくら元から夜型で、昼間に睡眠時間がたっぷり確保されているといっても、慣れない生活リズムで、一晩中、二時間おきに拓斗にミルクをあげる生活では身体に大きな負担がかかっていたに違いない。

「また、おっぱい先生のところに行ってきたの」

「……どうだった？」

弘樹がどこか恐る恐る、というように訊いた。

梓はすっと息を吸った。

「川畑さん、それに奥さんに、《みどり助産院》の情報をくれて、本当にありがとうって伝えて」

にっこり微笑む。

「そ、そうか。よかった。話、たくさん聞いてもらえた？」

弘樹の強張った顔が、ほっと解れた。

「別に。話を聞いてもらう、とかそんな感じじゃなかったけど」

梓は肩を竦めた。

「じゃあ、どんな感じ？」

「これからどうやって夫婦で育児に向き合うべきかを教えてもらったの」

「ど、どうしたらいいって言ってた？」

「私が育児チームのリーダーになれ、って」

梓は背筋を伸ばして、弘樹をまっすぐに見た。

「弘樹には、しばらくは私の指示に従って欲しいの。お互いがもう少し育児に慣れるまでは、私が状況を見極めて指示を出す。だから、弘樹は私のサポート業務に回って。判断に迷うことがあったら、いつでも何でも私に訊いて」

「……わかった」

弘樹が真剣な顔で頷いた。

「そして弘樹が拓斗のお世話をしていて気付いたことは、どんな小さなことでも私に報告して。改善点がありそうだったら、それも逐一提案して。一日に一回、短時間のミーティングをしてこれからの育児の方針を話し合おう」

初めての仕事をスムーズに進めるためには、チームのメンバーの役割分担と、メンバー同士の連携《れんけい》が何より大切だ。各自、思い思いの方向に試行錯誤《しこうさくご》をしていては、何事も決してうまく行かない。

お互いが目標を共有し、まずは自分の役割をしっかり果たそうと努力をするべきだ。

「わかった、そうしよう」

弘樹が頷いたそのとき、梓の胸の抱っこ紐の中で、拓斗がむずかるような泣き声を上げた。

「リーダー、何をしたらいいですか？」

弘樹が間髪《かんはつ》を容《い》れずに訊いた。真面目な口調なのに目は笑っている。

「二階におしりふきとオムツを準備しておいて。消臭ポリ袋は洗面所の棚にストック分があるはずだから、それを出して残りの数を確認しておいて。もしも残りが一個だったら、ネットで同じ商品の三個セットをすぐに注文しておいて」

梓も含み笑いで指示を出した。

「わかりました！　すぐに！」

弘樹が飛ぶような足取りで階段を駆け上がる。

「ちょっと待って」

梓は弘樹の背に声をかけた。

「ん？」

弘樹が怪訝そうに振り返った。

「さっき、コーヒー買ってきたの。拓斗のお世話が一段落したら、一緒に飲もう」

梓はスタバの紙袋を示して、「冷めちゃうかもしれないけれど」と付け加えた。

「……ありがとう」

「こちらこそ、いつもありがとう。お互い頑張ろう」

梓は低い落ち着いた声で言った。

階段を上がる弘樹の足音を聞きながら、梓は大声で泣く拓斗に「ちょっと待ってね、もうすぐオムツを替えて、おっぱいをあげるからね」と優しい声をかけた。

先ほど弘樹に指示を出したときの声との違いに、ぷっと笑い出しそうになった。

家族だから、とすべての感情を剝き出しにする必要はない。

今、私たちは新生児の育児という人生で最も重大なプロジェクトに向き合う仲間同士だ。チームとして最適な距離感を保って、力を合わせて、どうにかしてこの局面を乗り切らなくてはいけない。

私はこういうふうに仕事を進めるのが好きだった。だから、このやり方でやってみよう。これから先、うまく行かないこともたくさんあるかもしれない。けれど、以前担当したあの案件に比べたら――。

ふいに梓の胸の内にオフィスの光景が蘇る。

新入社員の杉村が半泣きで右往左往《うおうさおう》していたような事態にも、顔色一つ変えずに向き合うことができていた自分の姿が浮かぶ。

オフィスにいたあの私も、拓斗のお世話でてんてこ舞いの私も、同じ私だ。

むくむくと力が湧く。出産してからずっと不安で縮こまっていた心が、自信を取り戻してすっと軽くなる。

「拓斗、これからよろしくね。家族みんなで一緒に頑張ろう」

梓は真っ赤な顔をして泣く拓斗を、力強い声で励ました。

第三話

おっぱいが飲めない

1

今朝から急に冬らしくなった。空気は冷たく澄んでいて、朝の青空は雲一つない。

田丸さおりは、自転車のペダルを勢いよく踏んだ。

冬の始まりの気配を感じると、数年前に大きな失敗をしたときの記憶が蘇って胸がちくりと痛む。

きっと身体が寒さに慣れていないせいで、妙に物悲しくなってしまっているのだろう。

「大丈夫。そんなこと、今この瞬間、私以外の誰も気にしてないよ……」

風の音が耳元でごうごうと鳴る中、さおりはペダルを漕《こ》ぎながら自分に言い聞かせるように呟いた。

さおりは幼い頃から富ヶ谷《とみがや》にある名門バレエ教室に通い詰め、バレリーナを目指していた。

幼稚園から大学までエスカレーター式の私立清徳《せいとく》学園に通い、高校からはバレエ留学を目指す生徒が集う音楽コース舞踊《ぶよう》専攻に在籍し、在学中から何度も短期留学をした。高校卒業と同時にイギリスのバレエ団に研究生として所属したが、二十二歳のときに心身の調子を崩して帰国することになった。

夢を失い、仕事もない暗黒の日々を送っていたある日、律子先生に出会った。

律子先生に〝スカウト〟されてみどり助産院でのアルバイトを続けるうち、少しずつ生きる気力が戻ってくるのを感じた。

昼間はみどり助産院で働き、仕事を終えてから夜間の看護学校に通って看護師を目指す、という新たな目標もできた。

かなりハードな日々だったが、バレエで培《つちか》った体力のおかげで何とか三年間の学生生活を終えて、あとは看護師国家試験に合格するだけだったはずなのに……。

その年の国家試験の当日、さおりは高熱を出して寝込んでしまったのだ。

看護師国家試験は、泣いても笑っても年に一度、追試も再試験もない一発勝負だ。

その日のために入念に準備をしてきたはずが、すべて無駄になってしまった。

両親も律子先生も、「体調不良は仕方がない」と慰《なぐさ》めてくれた。けれど誰にも顔向けができない、たまらなく情けない気持ちだった。

そんな最悪の国家試験の日からすぐに新型コロナウイルスの流行で社会が大混乱に陥って、誰もさおりの失敗のことなど構っていられない雰囲気になったことは、正直なところどこか救われたような気になった。

あの時期は、世界中の人がさおりと同じようにもどかしい気持ちを抱えていた。周囲の追随《ついずい》を許さない眩《まばゆ》く輝く人生を歩んでいたはずの人たちが、さおりのようにイマイチな人生を送る人と同じように、困惑と失望に右往左往していた。

――あの頃に戻りたいなんて決して思わない。けれど、誰もが息を潜めて家に籠り、自分と大事な人の健康だけを願っていたあのコロナ禍、私は実はほっと安心できていたような気がする。

さおりは蔦に覆われたみどり助産院の裏に、自転車を停めた。

自転車に乗っている間は顎にずらしていたマスクを、きちんと顔に当てた。

職場に入る前に、とリュックの中に入れていたスマホを一応確認すると、高校時代の友人から久しぶりのメッセージが届いていた。

朝の八時だ。きっと友人は通勤途中にメッセージを送ったのだろう。

よく見ると、そのメッセージはさおりに個別に送ったものではなく、清徳学園の音楽コース舞踊専攻の同級生で作ったグループに投稿されているものだった。

《美月《みづき》ー！　昨日テレビで予告を見たよ。全国放送の特番なんて本当にすごいよ！》

テンションが高いメッセージとともに添付されていたのは、高級そうな家具の置かれたリビングのテレビ画面を撮影した画像だ。

《来週のゲストは世界で活躍するバレリーナ阿川《あがわ》美月さん、二月に新国立《しんこくりつ》劇場にてスペシャルガラ公演決定！》

髪をすっきりとしたお団子にまとめた高校時代の同級生、阿川美月が、シンプルな黒いワンピースにゴールドの大振りなネックレスで装《よそお》い、凛とした笑みを浮かべていた。

血の気が引いていくような気がした。

うっと息が詰まった。

――嘘、嘘でしょ……。

美月は、高校時代に一緒に真剣にバレリーナを目指していた仲間だ。

美月はバレエを始めたのが小学三年生で、周囲の同じくバレリーナを目指す同級生に比べるとスタートがかなり遅かった。そのせいでできないことが多くて悔《くや》しい思いをしたこともたくさんあったはずだ。

けれど美月がどれほど真剣にバレエに向き合っていたかは、舞踊専攻の仲間たちはよくわかっていた。

皆で美月のために夕暮れの公園で特別練習をして、できないことを教え合ったりした。

そんな美月が、高校卒業後しばらくしてからニューヨークの新興バレエ団に所属が決まったときは、舞踊専攻のメンバー一同、大喜びをした。

それから美月は、怪我をしたりコロナに感染したり、コロナ禍のバレエ団の財政悪化によるリストラの危機など、幾度ものピンチを経験しつつもそのすべてを異国の地で乗り越えた。

美月自身が自分の成功を語ることは決してなかったので、本当に頑張っているな、とは思いつつも、どこまで出世しているかは知らなかった。だが、まさか主役を踊るプリンシパルとなっていたとは。

「美月……」

よかった。本当によかった。私も嬉しい。感動して涙が出そうだよ。

そんなふうに言わなくてはいけないのに。そう言いたいのに——。

今、さおりの胸の中で渦巻くのは、泥水のように濁《にご》った気持ちだった。

羨ましい、ましてや悔しい、なんて思うこと自体がおかしい。

私は自分の意志でバレエを辞めて帰国して、みどり助産院で働いて看護師になる、そしていつかは専門機関で学んで律子先生のような母乳外来の助産師になりたい、と決めたのだ。

どんなときでも決して挫《くじ》けることなく、バレエという自分の道をまっすぐに進み続けた美月の成功は、心から祝福してあげるべき立派なことだ。

なのに、なのに……。

息が浅くなっていた。

急に自分がちっぽけで、何もできない駄目な人間だと気付かされたような気持ちになってきた。

さおりがスマホの画面を呆然《ぼうぜん》と見つめる目の前で、「美月、すごい！」「わー！　おめでとう！」「その番組、絶対に見る！」など、メンバーからの明るく華やかな祝福の言葉が飛び交《か》う。

美月以外の留学組は、さおりも含めて皆、今では日本で暮らしている。高校時代から大きなコンクールで賞を取り、海外のバレエ団の中でそこそこ順調なポジションにいた数名も、コロナ禍をきっかけにプロのバレエダンサーとして生きることを諦めた。

けれども資産家と結婚したあの子や、国内バレエ団に所属したあの子、芸能人が集まる代官山《だいかんやま》のプライベートスタジオで講師をしているあの子……。

こんなふうに友人の成功を心からお祝いできるなんて、皆きっと今、とても幸せで輝いた人生を送っているに違いない。

——私もお祝いの言葉を送らなくちゃ。

スマホを握って親指を動かしかけたとき、ふいに声をかけられた。

「あの、こちら、《みどり助産院》で合っていますか？」

驚いて顔を上げると、小さな赤ちゃんを抱いたお母さんが不安げな顔をしていた。

「はいっ！　そうです！」

さおりは慌ててできる限りの明るい声を出して、スマホをリュックに放り込んだ。

自分の明るい声に救われた気持ちになる。

今まで胸に立ち込めていた暗いものが、仕事モードに切り替わった途端にすっと消えた。

「おはようございます。はじめまして、の方ですね」

不安そうな顔のお母さんに、にこやかに、けれど押しつけがましくないように落ち着いた口調で挨拶をする。

この加減はいつもとても難しい。

「昨夜、お電話で予約を取らせていただきました。八時半のお約束なのにすみません。道に迷ったらいけないと思ったら、早く着きすぎてしまって……。どこか近くに公園など、赤ちゃん連れで時間を潰せる場所をご存じないでしょうか」

赤ちゃんを抱いたお母さんは、丁寧な口調で言った。不安げな顔に反して、初対面の人と話すことに慣れた雰囲気だ。

「いえいえ、どうぞ中に入ってお待ちください。少し準備でばたばたしてしまいますが、中のお部屋でしたら、お二人ともゆっくり過ごしていただけますよ」

「よろしいんですか？　ありがとうございます」

お母さんは微笑んだ。

先ほどは不安げな顔だったのでわからなかったけれど、笑うと、目鼻だちがくっきりしたすごい美人だとわかる。もしかしたら芸能関係の仕事をしている人かもしれない。

東急世田谷線沿いの住宅地にあるみどり助産院では、そんな華やかな仕事をするお母さんも珍しくない。

「とんでもないです。えっと、お名前を伺ってもよろしいですか？」

「青山《あおやま》と申します。青山有希《ゆき》と、娘のみらいです」

「青山さんですね。はじめまして。みらいちゃんも、はじめまして。私は看護師の田丸さおりです。どうぞよろしくお願いいたします」

さおりがみらいちゃんを覗き込もうとしたそのとき――。

青山さんが、すっとみらいちゃんを抱き直して顔を隠した。

――えっ？

明らかにさおりの視線を避けるようなその仕草に、何か失礼なことをしてしまっただろうか、と焦る。

「さおりさんですね、どうぞよろしくお願いいたします」

青山さんは余所行《よそゆ》きの声で、整った笑みを浮かべた。

2

生まれたばかりのみらいの顔を見た瞬間、私の人生は終わった、と思った。

青山有希は分娩台《ぶんべんだい》の上で、我を失って泣き崩れた。

「いやだ、いやだ！　どうしてなの！」

みらいがこの世に生まれて初めて聞いた言葉は、自分を産んだお母さんが、みらいのことを全力で拒絶する叫び声だ。

有希の胸の中には、今でも二ヶ月前のあのときの光景が、絶望的な真っ暗闇として広がる。

初めての出産は、人生で一番幸せな瞬間になるはずだった。

丸々二日間苦しみ続けた陣痛からやっと解放されて、待ちに待った赤ちゃんに会うことができる日になるはずだった。

あのとき夫の勇也《ゆうや》は、スマホでみらいが生まれるところの動画を撮影していた。けれど、有希が人が変わったように取り乱す姿が映ってしまったあの動画は、とっくに消去したに違いない。そうでなくては困る。

あれから夫婦の間で、出産の瞬間の出来事について話したことは一度もない。夫婦揃って悪い夢でも見たかのように、「なかったこと」になっていた。

有希と勇也は、羽田空港の出発ロビーで、お互い制服を着ていたときに出会った。有希はローコストキャリア、ＬＣＣと呼ばれる航空会社のＣＡで、勇也は日系航空会社の副操縦士だった。

ＣＡ、すなわち客室乗務員になるというのは、有希の小さい頃からの夢だった。有希の母の実家は大阪南部、関西国際空港の近くにあった。年に数回、家族揃って飛行機に乗って祖父母の家に帰省するのはすごく楽しみだった。

何といったって、道中に「空を飛ぶ」のだ。

窓の向こうに広がる青空や、きらめく太陽の光、天国とはこんなところなのかもしれないと想像させる一面の真っ白な雲。

空の上ではどんな悩み事も些細《ささい》なことに思えた。世界はどこまでも広くて綺麗で、素敵なところだ。私はこれからどこにだって行ける。飛行機の座席でＣＡにもらった美味しいジュースを飲みながら、幼い有希の胸にそんな言葉が広がった。

就職活動の時期は、コロナ禍とちょうど重なった。

日系航空会社が新卒正規職員のCAの採用を控える中、有希はすぐに方針を切り替えてLCCの非正規職員として働き始めた。

CAの世界では、日系航空会社が圧倒的な人気があり、続いて外資系航空会社、LCCと続く。LCCは仕事内容は他の航空会社と同じなのに、ただ航空券の料金の安さを売りにした航空会社だというだけで人気がなかった。

CAという仕事に少々古臭いブランド的な意味だけを見出していた就活生にとっては、〝格安〟航空会社のCA、なんて選択肢には入らなかったはずだ。

とにかく飛行機と旅が好きで、英語力と体力を生かしていろんな人と関わって働きたいと思っていた有希にとっては、そんなこと少しも気にならなかった……といえば嘘になる。

自分の仕事を説明したときに、軽薄な男に「なんだ、LCCか……」なんてがっかりした顔をされると、頬を引っ叩《ぱた》いてやりたいくらい腹が立った。

しかし働いているうちに、そんなつまらないことはすぐに気にならなくなった。日本全国いろんなところに旅をすることができて、休みが多く、お給料は同世代よりも少々多めにもらえるCAの仕事は、楽しくてたまらなかった。

CAもパイロットも、基本的に同じ航空会社のメンバーと行動を共にする。有希と日系航空会社のパイロットの勇也とは、本来ほとんど接点がないはずだった。

しかしあの日偶然、空港で有希の前を通った勇也のカートから、ネームタグがぷちんと外れて落ちた。

有希の祖母はうんざりするほど世話好きな〝大阪のおばちゃん〟だ。

その血を引いているせいか、有希は落とし物をした人をどこまでも走って追いかける、というような社交的かつお節介《せっかい》な行動を躊躇《ちゅうちょ》なくできるという自負があった。

「ネームタグ、落としましたよ」

勤務中だ。有希もすぐに自分の持ち場に戻らなくてはいけない。

息を切らして追いかけながら声をかけたが、勇也は振り返らない。肩で風を切るように颯爽《さっそう》と歩き続ける。百倍を超える採用試験を勝ち抜いた超エリートらしい、とんでもない早足だった。

勇也が進むと、周囲の乗客たちがその制服姿に圧倒されたように憧れの目を向ける。

空港の出発ロビーにおいてパイロットというのは、その能力一つで数百名の乗客の命を預かる神様のような存在だ。

もしこのまま搭乗《とうじょう》ゲートに到着してしまって、同僚や乗客の前で落とし物を渡すことになったら、この人はきっとパイロットの面目《めんもく》丸つぶれの恥ずかしい思いをするだろう。

有希はネームタグに目を走らせた。

「青山勇也さん、落とし物ですよ」

小さな声で、けれどはっきり聞こえるように名前を呼んだ。

勇也のスマートな足取りが、すごく驚いたようにびくりと止まった。

後から聞いたところによると、振り返ったあの瞬間に、勇也は有希に一目惚《ひとめぼ》れしたという。

二人の結婚式では、招待客の間で〝美男美女カップル〟という言葉が飛び交った。

国際線、国内線の搭乗を兼務している勇也の仕事は、とにかく不規則だった。

国内線ならば早朝に出発して往復便に搭乗して、夕方には帰宅できることもあるが、国際線になると、片道十五時間のフライトに加えて現地で二日ほど滞在することもある。

おまけにコロナ禍の混乱のせいで、フライトスケジュールは月単位で大幅に変わった。

国内線勤務の有希は、概《おおむ》ね早朝から深夜まで四日働いて、自宅待機の日も含みつつ二日休みの繰り返し、というシフト制だ。

すれ違い、と呼ぶかどうかぎりぎりのところの数年の新婚生活を経て、有希は二十七歳で妊娠した。

ＬＣＣでの有希の立場は非正規雇用なので、産休育休制度は手薄だった。けれど制度としてはきちんと存在していたので、産後も大好きなCAの仕事に復帰したいという想いを込めて退職はしなかった。

妊娠が判明して二ヶ月が過ぎたくらいの頃、病院で健診の際に出生前診断《しゅっせいぜんしんだん》を受けるかどうか尋ねられた。

出生前診断というものがあることは知識としては知っていた。

しかし〝美男美女〟で〝パイロットとCA〟の夫婦、おまけに有希はまだ二十代で、勇也も三十一歳と夫婦ともに若い。いかにもきらきら輝いて見えるであろう自分たちのような夫婦が追加費用を払って出生前診断を受ける、というのは、なんだか悪趣味なことに思えた。

産院のスタッフに、最高の赤ちゃん、〝パーフェクト・ベビー〟しか求めていない浅はかな夫婦だと思われたくなかった。

「こんな検査にかけるお金があったら、その分、貯金しておいていつかみんなで旅行に行こう。私、もうこの子のこと大好きだから。検査で何か問題があったら中絶を検討するかもなんて、想像もできないよ」

お腹を撫でてそう言った有希に、勇也も「そうだよね。もうその子は家族だから」と大きく頷いていた。

あの頃の二人には、自分たちの赤ちゃんに問題なんてあるはずがない、というまったく根拠のない確信があった。

妊娠中の有希は幸せだった。赤ちゃんが生まれたらこんなことをしよう、あんなところに行こう、と考えるだけで頬が緩んだ。

「私たちの赤ちゃん、絶対にものすごく可愛いお顔に生まれるよね。芸能事務所にスカウトされたらどうしよう」

「芸能界は厳しい世界だって聞くからなあ……。俺は絶対に反対する！」

「そんなあ。本人の意志がいちばん大事でしょ。パパ、怖いねえ。ママはあなたが決めたことなら、何でも全力で応援するからね」

こんな調子で、絶対に誰かに聞かれたくない惚気《のろけ》だらけの会話をして、夫婦でお腹の赤ちゃんに話しかけた。

けれど今の有希にとっては、それはすべて思い出したくもない光景だ。

過去の記憶はすべて「私の人生は、どこからやり直せばよかったんだろう？」という不毛な問いを呼び起こす。

勇也と出会わなければよかった。私たちは出会ってはいけない二人だった。そこまで思った。

みらいが生まれてから、有希は、妊娠中に指が浮腫《むく》んだときでさえも決して外さなかった結婚指輪をまったくつけていない。

結婚指輪を見ると、ここからこの苦しみが始まったのだ、と思いそうになってしまうのだ。

この苦しみは、みらいがこの世にいる限り、私たち夫婦に一生付きまとう——。


握りしめていたスマホが鳴った。03から始まる東京都の固定電話の番号だ。

「こんにちは、保健師の山本です」

電話の向こうから聞こえた声に、有希は目を泳がせた。リビングの窓に映った自分の顔が灰色に変わった。

山本さんは、赤ちゃん訪問で区の保健センターから派遣された保健師だ。こうして週に数回電話をかけてくる。

「明日から、急に寒くなるみたいですね。青山さんも、みらいちゃんも風邪をひかないようにあったかくしてくださいね」

山本さんは軽く雑談をしてから、有希が恐れていた本題に入った。

「ところで、病院には行かれましたか？」

「いいえ、まだです。夫は忙しくて、主治医の先生とカウンセラーさんの予定が合う日に、どうしても休みが取れないんです」

有希は固い声で答えた。

「確かに先生は、検査結果は必ずご夫婦揃って聞きにいらしてくださいと仰っていますね。ご主人のご都合が合わないということでしたら、それは仕方がありません。お仕事のご予定が決まる頃に、また教えてくださいね」

山本さんは少しも有希を責めるようなことは言わない。

けれど、本来ならば数日で判明するはずの染色体《せんしょくたい》検査の診断結果を二ヶ月も聞きに行っていない有希のことを、要観察とみなしているのは間違いなかった。

「他に今、何かご心配なことはありますか？」

山本さんが包み込むような優しい声で訊いた。

「心配なこと……」

心配なことが多すぎて、しばらく黙り込んでしまった。

直後に、「あなたには、私の辛さは決してわからない」と低い声が胸の中で響く。

「今、授乳はどうされていますか？」

山本さんが訊き直した。

「授乳……。そうですね、確かにそれは心配なことです。みらい、ぜんぜんおっぱいが飲めないんです」

有希はどこか他人事のような口調で言った。

3

「そろそろ、ちょっと一休みしませんか？」

さおりは、ドーナツ型のクッションをお腹につけてみらいちゃんを抱いた青山さんに声をかけた。

「一休み、ですか……？」

青山さんが眉間に皺を寄せたまま顔を上げた。

血の気が引いた険《けわ》しい顔つきだ。よほど真剣におっぱいをあげる練習をしていたのだろう。

「みらいちゃんにはミルクで一休みしていただいて、私たちもお茶にしませんか？　いただき物の、ルピシアのデカフェの紅茶があるんです。白桃《はくとう》とサクランボ、どちらがいいですか？」

「白桃と、サクランボ……」

青山さんは、どこか心ここにあらずという調子で言った。

「私が好きなのは白桃で、律子先生のお気に入りはサクランボです」

奥の和室で書類の整理をしていた律子先生が、こちらをちらりと見て頷いた。

「白桃と、サクランボ……」

青山さんは繰り返す。困らせてしまったようだ。

「それじゃあ今日は、私のオススメの白桃にしましょう！　フィンガータイプのショートブレッドもありますので一緒にどうぞ。フルーツの紅茶にすごくよく合うんです」

「ショートブレッド……」

楽しげな言葉を無機質に繰り返す青山さんの声を背に、さおりはキッチンへ向かった。

庭に面した二間続きの和室の手前の部屋は、待合室兼《けん》〝おっぱいの練習〟に使われている。

赤ちゃんがおっぱいを飲んでくれないことに悩んでいるお母さんは、奥の和室で律子先生におっぱいのマッサージをしてもらった後、律子先生の指導とさおりのサポートのもと、〝おっぱいの練習〟をする。

おっぱいを全力で嫌がる赤ちゃんの首に手を添えて、タイミングを見計らってリズミカルに口に乳首を入れる練習は、お母さんにとっても赤ちゃんにとってもなかなかハードな時間だ。

赤ちゃんが疲れ切って眠り込んでしまうことはしょっちゅうだし、お母さんが腱鞘炎《けんしょうえん》になってしまうことだってある。

〝おっぱいの練習〟の時間はどのくらいとは決まっていなかったが、一時間もすればみんなへとへとだ。

ここでのハードな〝おっぱいの練習〟でとことん練習をすると、お母さんが赤ちゃんにおっぱいをあげる技術は段違いに上達する。

と同時に、一滴たりともミルクをあげずに〝カンボ〟つまり完全母乳で育てなくてはいけないと気負っていたお母さんも、あまりにもハードな〝おっぱいの練習〟を経て、「少しくらいミルクをあげても、決して怖いことが起きるわけではない」と気付くことができる。

厳しくなりすぎないように、そして、いたずらにお母さんの心を乱して悲しくさせてしまうようなことを決して言わないように。

授乳技術への適切なアドバイスはもちろんのこと、そんなことにも全力で気を配らなくてはいけない〝おっぱいの練習〟は、さおりにとっても大変な仕事だ。

そんな〝おっぱいの練習〟を青山さんは一時間半以上、一瞬たりとも休むことなく続けていた。

――青山さん、大丈夫かなあ……。

電気ケトルに水を注いでから、さおりは、うーん、と唸って両腕を前で組む。

ふと、気になって、キッチンから身を乗り出して廊下の奥を見た。

続いて、廊下の反対側の玄関を見る。

――よかった。青山さん、まだちゃんとここにいてくれている。

玄関には青山さんの靴が揃っていた。

あまりに静かで、静かすぎて、青山さんが黙って帰ってしまったのではないかと心配になったのだ。

――静かだな。

いつもだったら赤ちゃんの泣き声が響き渡るみどり助産院が、静まり返っている。

――みらいちゃん、すごく静かな子。

みらいちゃんは眠っているわけではない。つい先ほどまでおっぱいの練習を頑張っていた。

みらいちゃんはお母さんの乳首を一口か二口吸うと、すぐに疲れたように口を放してしまう。

それからしばらくは口をぴたりと噤《つぐ》んで、静かな拒絶タイムだ。

お腹が減っているように口をぱくぱく動かし始めたタイミングを見計らって、再び口に乳首を入れるが、また一口二口吸っただけで止めてしまう。

そのたびに、青山さんの眉間に深い皺が寄った。

みらいちゃんは、切れ長の涼しげな目をした可愛い子だ。

特に、物音が聞こえると、不思議そうな顔をして目をきょろきょろさせる姿がたまらなく可愛い。

抱っこするとふわふわで、温かくていい匂いがして、赤ちゃんってどうしてこんなに幸せな存在なんだろうとうっとりする。

「青山さん、やはりサクランボの紅茶がいいそうです。今からで間に合いますか？」

ふと聞こえた声に、さおりははっと顔を上げた。

キッチンの入り口に律子先生が立っていた。

「は、はい、今ちょうどお湯が沸くところです」

さおりは電気ケトルに目を向けた。

ティーポット代わりの年季が入った大きめの急須《きゅうす》には、まだ紅茶の茶葉は入れていない。

　ティーポットは万が一倒したら危ないので、ここを訪れたお母さんの前に出すことはない。だから緑茶も紅茶もこの急須で兼用すればいい、というのは、効率的かつ少々大雑把《おおざっぱ》な律子先生らしい意見だった。

「青山さんは残念ながら白桃よりも黄桃《おうとう》派、とのことでした。サクランボでしたら、佐藤《さとう》錦《にしき》でもアメリカンチェリーでも、何でも大好物だそうです」

　律子先生が棚のお菓子の缶から、赤いタータンチェック柄の包装に入ったウォーカーのショートブレッドを取り出した。

「そうでしたか。間に合ってよかったです」

　さおりはサクランボ味のデカフェの紅茶の茶葉を急須に入れて、お湯を注《そそ》いだ。

　キッチンにサクランボの甘い匂いが広がる。

「青山さん、律子先生にはそんなふうにお話ししてくれるんですね。あの青山さんの果物の好みを聞き出せるなんて。どんな魔法を使ったんですか？」

　おっぱいの練習中にさおりが話しかけたときには、青山さんは常に心ここにあらずという様子で、ほとんど返事らしい返事をしてくれなかった。

　唯一、青山さんの目に光が宿ったのは、棚に置いてあった木製の車のおもちゃを目にしたときだ。

「あ、パッセンジャーステップ車。こんなマニアックな車のおもちゃって、あるんですね」

青山さんが華やいだ声で言った。

「律子先生がコロナ前に行った海外旅行のお土産《みやげ》です。機内販売で飛行機のおもちゃとセットになっていたものなんです。この車ってそんな名前なんですね。よくご存じですね」

さおりが感心して頷くと、青山さんは急に歯切れが悪い様子で、

「ちょっと仕事で……」

と、詳しくは訊いて欲しくなさそうに顔を背けた。

「私が青山さんと雑談をすることができたのは、ただの年《とし》の功《こう》です」

律子先生が淡々と答えた。

「青山さんは、お茶を飲み終えたら帰宅されるそうです」

「そうですか。確かに、これ以上無理をして練習をしたら疲れちゃいますよね」

さおりは頷いた。

「明日も朝八時半からいらっしゃるそうなので、予約をお願いします。朝からさおりさんとおっぱいの練習をして、私の手が空いたタイミングでおっぱいのマッサージを受ける、

という形がいいかと思います」

「えっ？」

目を丸くする。思わず引き攣《つ》った笑みが浮かんだ。いけない、いけないと思い直す。

「わかりました。私も頑張ります！」

拳をしっかり握って頷いた。

「それと、律子先生、ひとつだけ確認しておきたいことがあるのですが。みらいちゃんって……」

さおりが付け加えると、律子先生がこちらをまっすぐに見た。

「おそらくダウン症です。今夜、少しお時間をいただけますか？」

4

「いただきます。律子先生、今日はごちそうさまです」

キッチンの隅にある小さなテーブルに律子先生と向かい合い、さおりはパック寿司《ずし》に両手を合わせた。

ただのパック寿司ではない。世田谷梅丘《うめがおか》の名店、美登利《みどり》寿司の持ち帰り用のお寿司だ。

マークシティ内にある渋谷店では常に長蛇の列が絶えない美登利寿司は、実は世田谷線上町駅前のスーパーオオゼキにテイクアウト専門店を出している。

スーパーのお寿司にしては少々お値段は張るが、お値段以上に豪華なネタがたくさん入った美味しいお寿司だ。

「ウニ、美味しいです。アナゴもふわふわです……」

「さおりさんの言うとおりですね。ここのお寿司はやはりとびきり美味しいです」

さおりがうっとりしてお寿司を頬張っていると、律子先生がお互いの湯呑みにうんと濃い緑茶を注《つ》いでくれた。

急須は、昼間にサクランボの紅茶を淹《い》れたのと同じものだ。

苦い緑茶の香りの奥に、微かにサクランボの風味を感じた気がした。

あっという間にお寿司をぺろりと平らげたさおりは、手早くパックを洗ってリサイクル向けに分別してから、改めて律子先生に向き合った。

「あれからダウン症について、もう一度勉強し直してみようと思ったのですが」

律子先生は、付箋《ふせん》だらけの古びた専門書をテーブルの上に置いた。

「医学は日に日にすごい速さで進歩しています。おそらくさおりさんのほうが、最新の情報をお持ちなのではないでしょうか？　もしよろしければ、さおりさんが学校で学んだことを私に説明してください」

「えっ？　そ、そんな、私がお話しできることなんて……」

急にそんなふうに話を振られて、さおりは目を瞠《みは》った。

「専門的なことは、後ほど一緒に調べて検証しましょう。今のさおりさんが、ダウン症について認識していることを教えてください」

「……わかりました」

律子先生にまっすぐな目で見つめられて、さおりは腹を括《くく》った。

「まずダウン症は、正式名称をダウン症候群《しょうこうぐん》といいます。二十一番目の染色体が、二本ではなく三本ある状態で生まれてくる症候群のことです。ダウン症候群の出生頻度は、約千人に一人です。本人の染色体の数を調べる血液検査をすることで、赤ちゃんがダウン症かどうかを確定的に知ることができます」

律子先生が頷いた。

「では、ダウン症の赤ちゃんの特徴はどんなものでしょう？」

「筋肉の緊張が低いのが特徴です。また多くの場合、知的な発達の遅れがあり、心臓や消化器、甲状腺疾患《しっかん》などの合併症《がっぺいしょう》が起こる場合があります」

さおりはできる限り淡々と事実を述べた。

「ダウン症の赤ちゃんは、これからどのように成長しますか？　平均寿命はどのくらいでしょう？」

「全体的に、ゆっくり成長します。かつてはダウン症の人は短命と言われていました」

ふいに目の前に、みらいちゃんを抱いた青山さんがいるような気がした。

「けれど医療や療育、教育の進歩により、ダウン症の人の平均寿命は五十年前と比べて大幅に延びました。今では平均寿命は六十歳前後と言われています。ダウン症の赤ちゃんは、高い確率で、周囲から〝お年寄り〟と呼ばれる年齢まで生きることができます」

さおりは言葉に祈りを込めて、力強く言った。

律子先生も口をしっかり結んで頷く。

「さおりさんは、これまでにダウン症の赤ちゃんと接したことはありますか？」

「今日、みらいちゃんに会ったのが初めてです」

「どう感じましたか？」

さおりは律子先生の顔をまじまじと見つめた。

私はみらいちゃんに会って、どう感じたんだろう。

みどり助産院の前で出会った直後、みらいちゃんを隠そうとした青山さんの様子を怪訝に思った。

だから、青山さんが律子先生におっぱいのマッサージをしてもらうときにみらいちゃんを受け取ったときは、少し緊張した。

みらいちゃんの顔を見たときには、異変には気付かなかった。けれど抱っこした瞬間に、あれ？　と思った。

みらいちゃんの身体は、他の赤ちゃんに比べて明らかに柔らかくてふわふわで、筋肉にほとんど力が入っていなかった。

筋肉の緊張が低い、というその事実をこれまで学んだ知識に重ねると、導かれる結論はとても重く感じられた。

不安げにみらいちゃんを渡した青山さんに、「お任せください」と心で言って頷いて、ふわふわのみらいちゃんを胸に抱いたあの瞬間――。

「……みらいちゃん、すごく可愛かったです」

そんなことを訊いているわけではありません、と律子先生に怒られるかもしれないと思いつつ、思わず頬が緩んでしまった。

律子先生がふっと笑った。

「そうですね。とても可愛かったですね。みらいちゃんはきっと幸せになります」

律子先生は頼もしげに言い切った。

二人で顔を見合わせて笑った。

「ですが青山さんのこと、少し心配なんです。あんなに必死におっぱいの練習をするお母さんに会ったのは初めてです。頑張りすぎてしまっているのではないでしょうか？　それに、正直、あまり話を聞いてもらえていない気がするんです」

さおりは肩を竦めた。

青山さんが心ここにあらずなのは、雑談のときだけではない。

みらいちゃんとのおっぱいの練習の最中も、「おっぱい全体を上下からぎゅっと握ってハンバーガーみたいな形にして、赤ちゃんのお口に……」と説明しているさおりの言葉は一切耳に入っていないようだった。

さおりのアドバイスは少しも聞かずに、ひたすら自己流で執拗《しつよう》にみらいちゃんの口元にぐいぐい乳首を押し付けている姿は、心配だった。

思わず背後から手を添えて「こうするとうまく行くかもしれませんよ」と手伝うと、青山さんはすごく驚いたように「あ、ありがとうございます」と呟く。その眉間には深い皺が寄っていた。

「しばらくは、青山さんがみどり助産院で少しでもほっとして過ごしてもらえるように見守りましょう。青山さんが、いつみらいちゃんがダウン症であるという事実と向き合うかは、青山さん自身が決めることです。保健センターの山本さんとも、その方針で一致しています」

「それって、もしかして……」

　さおりは驚いて訊き返した。

　律子先生が頷く。

「青山さんは、まだ染色体検査の結果を病院に聞きに行っていません。青山さん自身も、ここでは一切、みらいちゃんのダウン症については話されていませんでした」

「みらいちゃんは、もう生後二ヶ月ですよね。とっくに検査の結果は出ているはずなのに、どうして……。結果を早く知りたいと思わないのでしょうか？　早くわかれば、みらいちゃんはいろんなサポートを受けることができるのに」

　日本の障害者福祉への取り組みは、数々の課題はあれど、先進国の中でも決して劣《おと》っているとはいえない。ダウン症の赤ちゃん、そして家族のための公的なサポート制度はたくさんある。

「それは、青山さんが決めることです」

　律子先生が先ほどの言葉を繰り返した。

「私たちは、引き続き青山さんを見守りましょう。長丁場《ながちょうば》になると思いますので、週末にデパ地下で青山さんが喜びそうなサクランボのお菓子を探しておきます」

「はい、わかりました。……見守ります」

さおりは不安な気持ちを抑えて、頷いた。

5

「あ、青山さん、ちょっと待ってくださいね。みらいちゃん、お疲れみたいですね」

ふいに、さおりさんに声をかけられた。

「え……？」

有希は怪訝な面持《おもも》ちで顔を上げた。

「みらいちゃん、ちょっとお庭を見て気分転換しましょうか。私が抱っこしてもいいですか？」

「……はい。お願いします」

さおりさんはみらいをひしと胸に抱きしめた。みらいの顔色を見て、呼吸を確かめている。

そう気付いた瞬間に、ぞくりと背筋が冷たくなった。

――私、今、いったい何をしていたんだろう。

みらいに、おっぱいをあげなくてはと思った。それだけのはずなのに。

「すみません、私……」

冷汗《ひやあせ》でびっしょりになって呟くと、さおりさんは「大丈夫」と言うようにしっかりこちらを見て頷いた。

さおりさんがみらいを抱いて窓辺に向かう。

「みらいちゃん、お外ですよ。みどり助産院のお庭には、一年中、緑がたくさんあるんですよ」

有希が窓の外に目を向けると、確かにみどり助産院の庭は緑で溢れていた。

みらいも眩しそうな顔で目を開けた。緑に溢れた庭をじっと見つめる。

みらいはしばらくぼうっとした顔をしてから、ゆっくりと目を細めて小さく笑った。

「お疲れさまです。先ほどのお母さんは、今、帰られました。私も一休みしますので、サクランボの紅茶はいかがですか？」

和室の間を区切っていた襖が開いて、律子先生が現れた。

「律子先生、私、今、みらいのことを……」

震える声で言った。

「まずは一休みしましょう」

律子先生が顔色を変えずに、淡々と応じた。

「では、私が……」

「律子先生、待ってください。お茶の用意は私がします。私、お茶の淹れ方には、いろいろとこだわりがあるんです」

キッチンに向かいかけた律子先生に、さおりさんが慌てて声をかけた。

「ありがとうございます。助かります。ではさおりさんの代わりに、私がみらいちゃんを抱っこしていてもいいですか？」

律子先生が有希に確認した。

「も、もちろんです」

有希は頷いた。

「では、律子先生、みらいちゃんをよろしくお願いします」

さおりさんの腕から律子先生の腕へ。

みらいが少しも不安そうな様子を見せずに、にこっと笑った。

今さっき、みらいが息ができなくなっていることに少しも気付かなかった私のせいで、窒息してしまいそうだったのに。

有希は奥歯を嚙みしめた。

「みらいちゃん、すごく可愛いですよ。律子先生、どうぞよろしくお願いします」

さおりさんが真面目な顔で囁いた。

「確かにみらいちゃんは本当に可愛いですね。お任せください」

律子先生も大真面目に頷く。

有希の唇が震えた。

息が乱れる。

「それじゃあ、少しお待ちくださいね。青山さん、今日のおやつはカルディで買った、ロータスのカラメルビスケットでいかがでしょう？」

さおりさんがはきはきと言った。

「カラメルビスケット、シナモンが効いているほうがお好きでしたら、ポピーズのものもありますよ。ポピーズのほうは少々スパイシーなので、濃い目に淹れた紅茶によく合うんです。青山さん……？」

有希は身を震わせて嗚咽《おえつ》を堪《こら》えながら、顔を伏せた。

6

「おかえりなさい」

みらいを抱いて玄関に出迎えた有希の顔を見て、勇也は目を丸くした。

「今日、どうしたの？　綺麗だね」

「……そう？　そんなに違う？」

有希はさりげなく顔を背けた。

「真っ赤な口紅って、家で見ると、なんだかどきっとするね」

軽い口調で言った勇也の言葉に、有希の胸がぎくりと震えた。

「変だったかな？　出産前に使っていたリップの色と同じはずなんだけど……」

有希は悲痛な声で訊いた。

「いや、少しも変じゃないよ。似合ってる。有希がメイクをしているのを見たのは久しぶりだからさ」

勇也がきょとんとした顔をする。

「もしも……」

有希は胸に抱いたみらいを見つめた。

「もしも、万が一、みらいちゃんが〝障害児〟だったらと思うと、不安でたまらなくなっちゃったんだよね」

有希が〝障害児〟とわざと鋭く言うと、勇也の顔が強張った。

「もしそうなったら、みんなから私は、一生を障害児のお世話に捧げた、人生に疲れ切った不幸な母親、って決めつけられるでしょう？　そんなの絶対に嫌。だから万が一、万が一のことを考えて、これからはどんなときでも、ばっちりフルメイクをしたお洒落で綺麗なお母さんでいなくちゃ、って思ったの」

有希は上ずった声で言った。いつの間にか声に涙が滲んだ。

みどり助産院からの帰り道、世田谷線の車内で、美容院でヘアカットを担当してくれていた美容師さんに偶然会った。金髪のベリーショートで、脱色した眉にボディピアスがよく似合う、すごくお洒落な若い女性だ。

――おめでとうございます！　赤ちゃん、生まれたんですね！

美容師さんはみらいの顔を覗き込んで、嬉しそうに盛り上がってくれた。

思わずみらいのことを隠しそうになったけれど、美容師さんはみらいの顔立ちに何も気付いた様子はなかった。

——今がいちばんいい時期、っていいますよね。子育て、楽しんでくださいね。

美容師さんの華やかで尖った外見からすると、正直、今のところは妊娠出産にはさほど興味がなさそうだ。けれども彼女なりに精一杯、有希に気を遣ってくれたのはよくわかった。

なのに有希は、せっかく彼女がかけてくれた言葉に、目の前が暗くなるほど傷ついてしまった。

——今がいちばんいい時期。

そんなはずはない。みらいを産んでからこれまでの間は、私の人生の中で最低最悪の、地獄のようなときだった。

そう思ってしまう自分が情けなくて、みらいに申し訳なくて、その場で崩れ落ちてしまいそうになった。

「そんなふうに考えなくても……」

勇也の心配そうな顔を見つめながら、ワンピースのようなデザインの授乳用のルームウエアのポケットに、ずしりとスマホの重みを感じる。

みどり助産院から帰宅して一息つく間もなく、有希は縋るような気持ちでスマホでまた〝ダウン症〟について検索した。

ブログやSNSに投稿されたダウン症の赤ちゃんたちの顔立ちは、写真で見る限りではさほど特徴的には見えない。

ダウン症児の顔立ちの特徴として、目が吊り上がって鼻が低いという傾向があるらしいが、生まれたばかりの赤ちゃんの顔なんて、正直なところほとんど違いがわからない。言われてみればそうかもしれない、と思う程度だ。

けれど出産直後の有希は、みらいの顔を一目見た瞬間に、この子に何らかの障害があるということがわかってしまった。

SNSには、有希と同じような経験をしたという人もいたし、主治医から染色体検査を勧められるまでまったく気付かなかったという人もいた。

思い出したくない苦しい記憶に顔を歪めながら、有希はネットに飛び交うさまざまな情報の波を漂った。

みらいはとても静かでほとんど泣かない。頑張って寝かしつけをしなくてもすんなりと眠りに落ちて、こちらが授乳のために起こそうとしなければ、いつまでも眠っていた。

だから有希がスマホをいじる時間は、どこまでも続いた。

あまりにもずっとスマホを見ているので、目が乾き切ってコンタクトが突然ぽろりと落ちたり、スマホの画面がいきなりブラックアウトしたりした。

寂しく孤独なネットの世界の徘徊《はいかい》は、だいたい最後に、有象無象《うぞうむぞう》の匿名《とくめい》の人物の罵詈雑言《ばりぞうごん》が漂う陰鬱《いんうつ》なSNSに辿り着く。

彼らは障害者の福祉のために自分たちの税金が使われていることを口汚く罵《ののし》り、障害者の外見や言動を嘲笑《あざわら》い、障害者の家族の人生を蔑《さげす》み憐《あわ》れんでいた。

悪魔の高笑いが響くようなそのSNSを見ていると、人間とはここまで醜《みにく》くなれるのだろうか、と吐き気が込み上げる。

けれど同時に、この世界の皆の一切取り繕わない本心はこれなのだ、と思い込みそうになる。

有希も一緒になって、障害のある人たちに対して嫌悪を剝き出しにしなくてはいけないような気分になる。

そうすれば、怖いものなど何もないかのように振舞っている、この〝健常な〟人たちの仲間として認めてもらえるような気がした。

「有希、染色体検査の結果、早く聞きに行こう。何があっても、俺がついているから」

苦しそうな顔をした勇也が、みらいを腕に抱いた有希ごと、二人を力強く抱きしめた。

勇也の身体は大きくて温かい。なのに少しも安心できない自分が悲しかった。

「勇也は、仕事が忙しいでしょう？　きっとスケジュールが合わないよ」

有希は勇也の腕の中で、首を横に振った。

「家族の人生に関わる大事なことだよ。休みなんていつでも取れる。すぐに取るよ」

「いいの、無理しないで。私もいろいろ忙しいし、体調も万全じゃないから。この間みたいなことがあったら困るし。もう少し落ち着いたらにしよう」

勇也が休みを取り、染色体検査の結果を聞きに行こうと決めていた日の朝、有希は二回連続で激しい眩暈を起こして寝込んでしまったのだ。

決して仮病ではない。

本当に、大嵐の海原《うなばら》を進む小舟のように床が激しく揺れて、えずいてしまうほどの吐き気を覚えて、自分の足で一歩も歩くことができなくなったのだ。

「有希……」

勇也は眉を下げて困った顔をしたけれど、それ以上は何も言わなかった。

勇也はどこまでも論理的に物を考える、冷静沈着な人だ。今は静かに見守ろう、そう胸の中で呟いたのが手に取るようにわかる。発する言葉にも常に気を配っていて、有希の気持ちを逆撫《さかな》でするようなことは決して言わない。

「今日は、どこに行ったの？」

勇也が気を取り直すように言った。

「おっぱい先生のところ。昨日、今日、と連続でおっぱいの練習に行ったの」

「えっと、〝おっぱい先生〟って……」

勇也が〝おっぱい〟と言いながら頬を赤くした。

「おっぱい先生、っていうのは、助産院の母乳外来のこと。お母さんのおっぱいのマッサージをしてくれて、母乳育児全般の相談にも乗ってくれるの」

「お、おっぱいのマッサージ、って、なんかすごい言葉だね」

「は？　どこが？　こっちは本気でやってることなの。いやらしいこと考えないでくれる？」

有希は勇也を、きっと睨みつけた。

いったいこの人は何を考えているんだ。

「おっぱい」という言葉には、一ミリたりとも〝いやらしい〟意味なんてない。

「ごめん……」

「むかつく。もう一回、謝って」

「本当にごめんなさい。お詫びに、千疋屋《せんびきや》の絹《きぬ》ごし杏仁《あんにん》マンゴーを買ってきます」

千疋屋の絹ごし杏仁マンゴーは、羽田空港と東京駅の店舗限定の杏仁豆腐で、昔から有希の大好物だ。

「……ならいいよ。今回だけは許してあげる」

わざと大袈裟に口を尖らせて勇也を睨みつけてみせたら、こんなふうに軽口でやり取りをしていた新婚時代を思い出した。

「で、そのおっぱい先生のところでのおっぱいの練習は、うまく行った？」

勇也も昔の二人の会話を思い出したのだろう。少しリラックスした表情で訊いた。

「まだまだ、だと思う。みらいちゃん、ぜんぜんおっぱいを飲んでくれないの」

「俺も子供の頃、母乳を飲まなくてほぼミルクで育ったらしいよ。あんまり母乳にこだわらなくてもいいと思うけど」

「でも、母乳には、赤ちゃんの免疫が上がる成分が含まれてるっていうでしょ？　母乳だけで育てるのは無理だとしても、できる限り母乳をあげたいんだよね」

「確かに免疫は大事だね。それじゃあもうちょっとだけ、そのおっぱい先生に通って、おっぱいの練習を頑張ってみたら？　くれぐれも無理はしないで欲しいけど」

「わかった。もちろん無理はしてないよ。お出かけして疲れたから、今日の夕飯はオオゼキでパック寿司を買ってきちゃったし。家事は適度に手を抜かせてもらってます」

――もうあと少しだけ。

「オオゼキのパック寿司、ってもしかして……」

「そう、美登利寿司。買ってきちゃった。たまにものすごく食べたくなるの。特に妊娠中は生ものを控えていたから」

「美登利寿司、美味《うま》いよな。前、デートで一緒に渋谷店に並んだの覚えてる？」

「金曜日の夜だったから一時間半も並んだよね。待った甲斐《かい》がある味だったけど」

「またいつか、お店にも行こう」

「もちろん！　当分先のことになりそうだけど……。そういえば、おっぱい先生の助産院って、みどり助産院っていうんだよ。だから美登利寿司が食べたくなったのかも」

勇也と笑い合った。

――もうあと少しだけでいいから、こんなふうに過ごさせてください。普通の赤ちゃんがいる、普通の家族として過ごす時間を私たちにください。

有希は胸の中で祈るように呟いた。

7

さおりがみどり助産院での仕事を終えてアパートの部屋に帰宅すると、その時間を見計らったように電話がかかってきた。相手は母だ。

「もしもし？」

「さおりちゃんですか？　お母さんですよ。ちょうどお仕事が終わったところだと思ってお電話をしたの。ちゃんと栄養バランスを考えたご飯を食べているかしら？　旬のお野菜と果物は？　食べ物は自分の身体を作るんだから、食事には決して惜《お》しんだら駄目よ。スーパーでいくつかの種類のお豆腐が売られていたら、必ずその中で一番高いものを選びなさいね」

スマホのスピーカーの向こうから、歌うような声が聞こえた。

「はいはい、わかりました。ところでどうしたの？　何か用？」

軽く受け流して訊く。

今日の夕ごはんはテイクアウトの牛丼だ。〝一番高い〟豆腐を好む母を納得させることはできないかもしれないが、大きめのサラダをつけて、きちんと栄養バランスを考えた。

さおりが留学先から帰ってきたばかりの頃はかなりぎこちない母子関係だった。けれど一年遅れで看護師資格を取得したとき、両親は涙ぐんで喜んでくれた。

「さおりちゃんは、自分のためではなくて誰かのために生きる、マザー・テレサのような女性になる気がしていたの」なんて、少々芝居がかった台詞で祝福されたとき、さおりは苦笑いしつつも「うんうん、ありがとう」と答えた。

「お母さんって人は、こんな人だよな」と、諦め半分で思いつつ、それでもとても嬉しかった。

以前は半年に一度くらいしか連絡を取っていなかったけれど、今ではミュージカルのチケットをネットで取って欲しい、なんてちょっとしたことで電話がかかってくる、前よりもずっと良好な関係だ。

「さおりちゃん、阿川美月ちゃんって覚えてる? 清徳の舞踊専攻で一緒だった子よ」

胃がきゅっと縮み上がった。

「……覚えてるよ」

「驚かないでね。その美月ちゃん、今日テレビに出ていたのよ! 今度、美月ちゃんに密着した特番をやるって宣伝よ。本当にすごいわ! お母さん、歯医者さんの待合室のテレビで見かけて、思わず『美月ちゃんだわ!』って叫んじゃったわ。仲良しの受付の人にも、『娘と同級生で、よく知っている子なんですよ』って自慢しちゃった」

「……」

さおりは知らず知らずのうちに、奥歯を嚙みしめた。

「美月ちゃんの大活躍、さおりちゃんに知らせなくちゃ、って思って」

「とっくに知ってるよ」

さおりは冷たい声で言った。

「あら、そうだったのね。特番、楽しみねえ。何度も見返せるように、お父さんに頼んでしっかり録画予約もしてもらったわ。あの美月ちゃんが、世界一のバレリーナになるなんて」

「世界一じゃないでしょ。パリ・オペラ座とか、ロイヤルとか、美月のところよりももっと伝統あるバレエ団はいくらでもあるし」

自分の言葉の嫌な響きにぞっとした。

「そんなの一般人にはわからないわよ。海外バレエ団のプリンシパルってだけで、すごいことよ。美月ちゃん、確か小学三年生からバレエを始めたのよね。美月ちゃんのお母さまが仰っていたわ。やっぱり天才っているのね。あのお母さま、きっと喜んでいるでしょうねえ。うんと小さい頃から人生を懸けてバレエを続けていても、そこまで辿り着けない子がほとんどなのに……」

ようやく母が言い淀《よど》んでくれた。

「話はそれだけ？　ちょっと疲れているからもういい？」

「さおりちゃん、ごめんなさいね。美月ちゃんのことは気にしなくていいのよ」

ぐっと眉間に皺が寄った。

「私は、何も気にしていないけれど？　気にしているのはお母さんでしょう？」

言ってしまった。

「私？　私はただ美月ちゃんが成功したことを、心から喜んでいるだけよ」

母が、心外だ、という声を出す。

「あなたの悔しい気持ちはよくわかるわ。けれど、お友達の幸せを祝福できないのはよくないと思うの。そんな気持ちでいたら、幸せが逃げて――」

「もうやめて」

さおりは鋭い声で言った。

胃がきりきりと痛む。

「とりあえず夕ごはんがまだですごくお腹が減っているから、またね。電話切るよ」

母の返事を待たずに電話を切った。

しばらくスマホの暗い画面を見つめる。

同級生たちのグループを思い出した。

《美月、すごいね！　おめでとう！》

さおりがあのグループに書いたメッセージは、その一言だけだった。あのメンバーの中で、メッセージを送ったのはさおりが最後だった。

しばらくして、美月本人から、そのグループに返信が来た。

《みんな、本当にありがとう。でもそんなすごい話じゃないよ。偶然、テレビ局の人が、番組のために海外バレエ団に所属する日本人ダンサーを探していた時期だったみたい》

どこまでも謙虚《けんきょ》で、優しく控えめな美月は、高校時代のおっとりしているのに芯が強いイメージのままだった。

なのに、そんな美月の素敵なメッセージを見て、胸が痛むほど悲しくなってしまう自分がいた。

私にはできなかったことをやり遂《と》げた美月。

私が諦めてしまった夢を摑んだ美月。

私だってお母さんの自慢の娘になりたかった。

歯医者さんの待合室のテレビに映し出されるのが私の顔だったら、お母さんはどれだけ幸せだっただろう。お母さんは、本当はそれを求めていたに違いない。

仕事や遊びで忙しくしているときには母のことなんて少しも気にかけていないのに、こんなときだけ、「私は駄目な娘だ」という言葉が胸に渦巻く。

さおりはスマホをテーブルの上に伏せて置いた。

買ってきた牛丼のビニール袋に手を伸ばす。

牛丼の甘辛い匂いが漂う。

温かい、発泡スチロールの容器の感触。

急に息が浅くなって、視界が狭くなるような気がした。

8

翌朝、さおりは泣き出しそうな気持ちでベッドから身を起こした。

どうして今日、休みを取ってしまったんだろう。おまけに空は今にも雨が降りそうな暗い曇り空だ。

「来週は予約に余裕がありますので、さおりさんは好きな日にお休みを取っていただいて大丈夫ですよ。さおりさんの勤務形態でしたら有休を取ることができます」

律子先生にそう言われて、「有休ですか！　なんだかちゃんと社会人になれたみたいで嬉しいです！」なんて気軽に休みを申請してしまった。

けれど、こんなふうに胸がざわざわする日は、みどり助産院で働いていたほうがよかったに決まっていた。

たとえ赤ちゃんを連れたお母さんが来ていないときでも、みどり助産院には細々した雑務がたくさん溜まっている。

律子先生の近くで何も考えずに一生懸命手を動かしていれば、少しは気持ちも晴れたに違いない。

「買い物、行かなくちゃ……」

休みを取ると決めたときは、今日の朝ごはんは馬事公苑《ばじこうえん》近くのお洒落なカフェで、読みかけの本を片手に、人気のモーニングセットを食べようと思っていた。

けれど少しもそんな前向きな気分にはなれない。

さおりは重い身体を引きずるようにして、みどり助産院とは逆方向に自転車を走らせた。

引き寄せられるように辿り着いたのは、倉庫のように殺風景な造りの安売りスーパーだ。

買い物かごを手にスーパーの中に入ると、入り口に段ボールが積み上げてあって、枕みたいに大きい〝BIG〟と書かれたポテトチップスが並んでいた。

喉に何かが詰まっているような気がした。

ポテトチップスの袋に手を伸ばし、味違いの三袋を買い物かごに入れた。

次にカップラーメンを、なるべく味が濃そうな順に大量に手に取った。

――なんだ、こうすればよかったのか。

今は誰も私に近寄らないで欲しい。私のことを傷つけないで。そんな気持ちで、妙に目がぎらつくのがわかった。

次にゼリーのコーナーに向かい、大きなカップに入った色鮮やかなゼリーを手に取り、野菜コーナーでトマトの大袋を買う。

過食嘔吐《かしょくおうと》の常習者にとって大容量のゼリーとトマトは必需品《ひつじゅひん》だ。

――早く帰って、これを全部食べなくちゃ。

みどり助産院で働き始めるようになってから初めて感じた、身の置き所がないほどの焦燥感《しょうそうかん》だった。

――これを一気に全部食べて、お腹が大きくなりすぎて動けなくなるまで食べ尽くして、その後は……。

「田丸さおりさん」

いきなり誰かから名前を呼ばれた。

冷や水を浴びせかけられたような気がした。

さおりはその場で、本当に五センチほど飛び上がった。

「は、はいっ！」

振り返るとそこに、みらいちゃんを胸に抱いた青山さんの姿があった。

「驚かせちゃってごめんなさい。何度かお声をかけたのですが、聞こえないみたいだった

のだろう。

　スーパーの中を早足で歩き回るさおりを、みらいちゃんを抱いて追いかけてくれていた
　青山さんの息が上がっていた。

ので」

「このハンカチ、落とされましたよね」

　青山さんが、トウシューズの柄が刺繍《ししゅう》されたタオルハンカチを差し出した。

「わ！　そうです、私のハンカチです！　わざわざありがとうございます」

　さおりは慌ててお礼を言った。

　コロナ禍以降、皆、落とし物に気付いても触れないようにする場合が多い。

　それなのにタオルハンカチをわざわざ拾って追いかけてくれるなんて。

「プライベートでお声をかけられるのは嫌かな、って思ったんですが。やっぱり放ってお
けなくて。私、結構お節介なんです」

　青山さんが微笑んだ。

「そんな、そんな、ありがとうございます」

　さおりはお礼を言いながら、さりげなく自分が手にした買い物かごを背後に隠す。

　青山さんがかごの中身を見ただけで、さおりの過食嘔吐に気付くとは思えない。けれど

決して見られたくなかった。

「それじゃあ失礼します。またみどり助産院でよろしくお願いいたします」

青山さんが都会の人らしい距離の取り方で、あっさり踵《きびす》を返した。

「本当にありがとうございました。はい、またみどり助産院で」

さおりはほっと胸を撫で下ろす。

ふと、いけないと思いつつ後ろ姿の青山さんの買い物かごに目が移ってしまう。

——あっ。

青山さんの買い物かごには、栄養ドリンクとパックのゼリー状飲料とカロリーメイトだけが入っていた。

——大丈夫。きっと野菜やお肉は別の店で買って、この店では日持ちするものを買っただけだ。

さおりは自分に言い聞かせる。

青山さんが野菜売り場の前を素通りした。歩を進めながら、いかにもつまらなそうに野菜の山を一瞥する。

——でも、でも、もしも毎日あんな食生活を送っているんだとしたら……。

さおりは手に握ったタオルハンカチに目を落とした。

よくよく見ると、たくさん洗濯してレースの形も変わってしまった、古いタオルハンカチだ。トウシューズの刺繍もところどころ解《ほつ》れていた。

さおりがまだイギリスにいた頃、一時帰国の際に通っていたバレエ教室の発表会を手伝ったお礼に、と教室の子供たちとお揃いでもらったタオルハンカチだ。

こんなみすぼらしいタオルハンカチ、私だったらわざわざ拾って渡してあげなくちゃ、と思えるだろうか。

さおりは大きく息を吸った。

青山さんの背を追って歩き出す。

後ろから見ると、青山さんの背中はちょっと心配なくらい痩せていた。足取りは覚束《おぼつか》ない。

あんなに綺麗な人なのに、髪は傷《いた》んで乾き切っていた。

「青山さん、もしよろしければ、これから私と一緒に、みどり助産院に行きませんか？」

さおりが声をかけると、振り返った青山さんは長い睫毛の綺麗な目を大きく見開いた。

「ツナと生トマトのパスタ、お待たせしました。このシソは、みどり助産院の窓辺で水耕栽培で育てたものなんですよ」

みどり助産院の和室のローテーブルに、さおりさんが三人分の色鮮やかなパスタを置いた。

まだ少々色が薄くて硬そうなトマトとツナを和えたパスタに、刻んだシソを、山盛り、というくらいたくさん載せている。

オリーブオイルの匂いに少しも負けない、シソの爽《さわ》やかな香りが漂う。

有希のお腹がぐっと鳴った。

9

勇也が国際線のフライトに出てしばらく帰ってこない期間に、こんなきちんとしたものを食べられるなんて思ってもいなかった。

みらいは、畳の上に敷かれた薄い布団の上でいつものようにぐずり声ひとつ立てずにすやすやと眠っている。

「今日は他の方の予約が入っていないので、時間はたっぷりあります。まずはお昼ごはんをいただきましょう。さおりさん、ありがとうございます」

律子先生がパスタのお皿に向かって、有希のおっぱいマッサージに入る前と同じように一礼した。

「どうぞ、どうぞ、冷めないうちに」

さおりさんに促されて、有希も「いただきます」とフォークを手に取った。

苦みを感じるほどのシソの味と、コショウが効いたオリーブオイルの味付け、それにトマトの酸味とツナの濃い味がとてもよく合う。

「美味しいです。さおりさん、お料理とても上手なんですね」

有希が思わず言うと、さおりさんは、

「料理は結構好きです。でもひとり暮らしなので、一緒に食べる人がいるときしか作らないんです。今日は急遽《きゅうきょ》、皆さんにご飯を作ることができてとっても嬉しいです」

と、どこか悪戯《いたずら》っぽく肩を竦めた。

さおりさんは自分が作ったパスタを、一口一口、慎重なほど大事に味わいながら美味しそうに食べる。

「さおりさんの作るお食事は、どれもとても美味しいです。今日のパスタも見事です」

律子先生が言った。

「見事、ですか！　そんなこと初めて言われました。シソの葉を、数滴お酢を入れた氷水にしばらく浸しておくのがポイントなんですよ」

さおりさんが嬉しそうに笑った。

「なるほど。さおりさんはそういうことにとても詳しいですね」

「ネットで見つけた人気のレシピを、そのまま再現しただけですが」

さおりさんが褒められすぎてさすがに照れたように、肩を竦めた。

有希はそんなさおりさんの姿を眩しい気持ちで見つめた。

美人で顔が小さくて姿勢がよくて、まるで赤ちゃんみたいに艶々の肌をしたさおりさん。安定した資格を持つ看護師さんとして、みどり助産院でいつも楽しそうに働いている。

なんて輝かしい人生だろう。

この人は、ひとり暮らしの家にいるときも、スマホで「美味しいパスタの作り方」なんて素敵なキーワードを検索しているに違いない。

私の暗くて重苦しい毎日とは大違いだ。

――いいな。私もさおりさんみたいな人生がよかった。

心から羨ましいと思った。

けれどいくら強く望んだとしても、自分とさおりさんの人生を取り替えることなんてできない。

私はこれから先もずっと、〝普通〟の人たちの幸せを羨ましいと思いながら、惨《みじ》めな気持ちで生きるしかないのだ。

もう何もかも捨てて、いなくなってしまいたかった。

何も考えず、何も悲しまず、ただ何も不安なことのない凪《なぎ》の海のような場所へ——。

「そんなに美味しかったですか？」

さおりさんがにっこり笑って、ティッシュペーパーの箱を差し出した。

有希は、いつの間にか自分がパスタを食べながらぽろぽろと涙を零していたと気付いた。

有希はフォークを置いて、ティッシュで涙を拭いた。

「……ごめんなさい」

「実はみらいは、病院の先生から染色体に異常があるかもしれないと言われているんです」

律子先生とさおりさんが、微かに背筋を伸ばして身構えたのがわかった。

けれどその雰囲気は、不思議と嫌なものではなかった。むしろ専門的な知識を持つ人らしい頼もしさを感じた。

「そうでしたか」

律子先生が頷いた。

「律子先生は、みらいの顔を見た瞬間からわかっていましたよね？」

「何を、ですか？」

「みらいがダウン症かもしれないってことです」

「私にはそんな能力はありません。顔を見ただけで赤ちゃんのことがわかるのは、その子を産んだお母さんだけです」

有希は息を呑んだ。

出産の瞬間に取り乱したあの光景を思い出す。

「青山さんがどうして泣いているのか、今の気持ちを言葉にすることはできますか？」

律子先生が静かに訊いた。

「不安で仕方がありません。みらいのことも、家族のことも、これから先の何もかもが不安で、すべてを捨てて消えてしまいたいんです」

「それは、みらいちゃんがもしもダウン症だったら愛せないかもしれない、手放さなくてはいけないかもしれないという意味ですか？」

「まさか！　それは違います！　そんな意味じゃありません！」

そこだけは弾かれたように答えた。

みらいを愛せない？　手放す？

そんなことは考えたこともない。

この人はいったい、なんて恐ろしいことを言うんだろう、と驚いた。

「みらいは私の大事な子です。みらいを愛せないはずがありません。でも、だからこそ、みらいと一緒にこの世界で生きていくことが不安なんです」

「何が不安なのでしょう？」

「律子先生は、ネットの書き込みを見たことがありますか？　どれほど障害者と、その家族が蔑まれているか知っていますか？　障害者の存在は迷惑なんです！　障害者は税金泥棒なんです！　障害者とその家族は、永遠に不幸なんです！」

有希は泣きながら大きな声で言った。

嫌だ、悔しい、どうしてみらいの命を蔑まれなくてはいけないの。みらいはこんなに可愛いのに、こんなに大好きなのに、みらいは世界で一番大事な子なのに！

自分の口から吐き出される最低な言葉の数々に、有希は胸の中で全力で言い返していた。

「私の周囲には、そんな低俗《ていぞく》な発言をする人はひとりもいません」

律子先生は冷たい声で言い切った。

「でも、ネットでは……」

「ネット、というのはよほど治安《ちあん》の悪い場所のようですね。治安の悪い場所には決して近づかないようにすることが、自分と家族の命を守るために何より大切です。面白半分に治安の悪い場所に顔を出したりなんてしたら、冗談ではなく命の保証はありません。海外旅行の際に、添乗員さんに再三しつこく注意されることです」

律子先生は背筋を伸ばして、有希の目をじっと見つめた。

「みらいちゃんの問題と、ご自身の問題を分けて考えてください。まずはみらいちゃんがダウン症と診断された場合、現代の日本ではたくさんの公的サポートを受けることができます。みらいちゃんはとても可愛い子です。きっと周囲の皆に愛される幸せな人生を送るでしょう」

「………」

――みらいちゃんはとても可愛い子です。

有希の胸に律子先生の言葉が響く。

そうだ。この人たちは前からずっと、みらいのことをただひたすら、「可愛い」と言い続けてくれていた。

みらいが本当に心から「可愛い」ということ。それがどれほど大事なことなのかを、ちゃんとわかってくれていた。

「今度は、青山さん自身の人生についてです。もしも見当違いのことを言ってしまったらたいへん申し訳ないのですが、現代社会で生きるお母さんにとって、とても大事なことです。みらいちゃんがダウン症と診断されたとしても、青山さんは……」

「何でしょう？」

有希は思わず身を乗り出した。

「これからもずっと働けます」

飛行機の窓から見える抜けるような青空が、目の前に広がった気がした。

「ほんとうに、働けるんでしょうか……」

声が震えていた。

妊娠、出産をする前の私。勇也が一目惚れした、結構美人で明るくて社交的でちょっとお節介な私。困っている人や苛立っている人に対しても、いつもにっこり笑ってサポートできる、憧れのＣＡの制服姿の私。

もしも〝障害児の母親〟という人生を歩むことになっても、これまでと同じような私でい続けることができるのだろうか。

「ええ、もちろんです。おそらく職場とスムーズに話を進めるコツがたくさんあるかと思いますので、経験者の人にお話を聞かせてもらうとよいでしょう」

「早速ネットで調べてみます」

有希は上ずった声で言った。

「ネットは駄目です。残念ながらネットの情報は玉石混交《ぎょくせきこんこう》かつ露悪的《ろあくてき》なものが多くなる傾向があるので、人の命が関わる局面で使うべきではありません。不安な気持ちになっているときは、〝正確な情報〟が何より大切です」

律子先生が窘めるように言った。

「正確な情報、ってどこで手に入るんでしょうか」

何が〝正確な情報〟なのか。

物心ついた頃からネットに触れていて、ネットリテラシーには敏感なはずだが、それでも時々わからなくなってしまうときがあった。

「大事な情報は、人に訊くことです。まずは主治医や看護師、保健師など、身近にいる国家資格を持った専門職に相談をしてください。もしも彼らに答えられないことがあったとしても、きっとその分野に長《た》けた人や組織を紹介してくれるはずです。気が利かない専門職がいたら、こちらから『この相談の答えがわかる人を紹介していただけますか？』とはっきり頼みましょう」

「人に訊く……」

情報、というのはすべてネットの中にあると思っていた。

もっとたくさん調べて、もっと誰も知らない真実を探さなくてはいけないと思っていた。

「ネットの情報と違い、血の通った人間が持つ情報には善意と誠意、それに責任がありま す。場合によっては、それはお節介と言われてしまうこともありますが」

律子先生が小さく肩を竦めた。

「ひとまず『不安なときは、情報は人に訊く』、そう覚えておいてください」

「不安なときは、情報は、人に訊く、ですね……」

有希はおずおずと、そして何度も頷いた。

「最後に、もしも青山さんがお嫌でなければ、みらいちゃんの染色体検査の結果がどうであれ、どうか今までどおりみどり助産院に〝おっぱいの練習〟をしにいらしてください」

「でも、もしも、みらいがダウン症と確定したら……」

ダウン症の赤ちゃんの口の筋力では、お母さんのおっぱいを効率的に吸うことはできない。どれほど練習しても、母乳だけで育てることはほぼ不可能だ。

「〝おっぱいの練習〟は、母乳で育てるという目的を果たすためだけにあるのではありません。赤ちゃんがおっぱいを飲むために頑張る、顎の力を使う、その過程だけでも、今後の発達に大きな意味があるんです」

「たとえ、みらいがこのままずっと、自分の力ではほとんど母乳を飲むことができなくてもですか?」

「はい。そうです。お母さんと一緒に〝おっぱいの練習〟を頑張ることは、みらいちゃんの発達に必ずよい影響があります」

律子先生は迷いなく断言した。

10

青山さんが帰った後のみどり助産院で、さおりは和室の片付けをするために庭に面した窓を開けた。

冷たい風が室内に吹き込む。ほんの微かに、今日のパスタに使ったシソの葉の匂いを感じた。

アルコールスプレーを手にして、部屋中を念入りに拭き掃除する。

「さおりさん、それが終わりましたら、お買い物のレシートを持っていらしてください。精算をします」

奥の部屋で手提げ金庫の中のお金を計算していた律子先生が、声をかけた。

「え？　あ、あれは……」

思わずぎくりとする。

安売りスーパーでかごの中に入れたものは、大きなビニール袋に入れてそのままみどり助産院のキッチンに持ってきていた。

青山さんを連れてみどり助産院に行くと決めた瞬間から、あの大量の身体に悪そうな食べ物への関心は消え失せていた。

けれども一度手に取ってしまったものを陳列棚《ちんれつだな》へ戻すのはマナー違反なので、すべて会計をしたのだ。

「ポテトチップスは、私がいちばん好きなお菓子です。カップラーメンも、夜勤で忙しかった若い頃の思い出の味です。夜勤の激務はよい思い出ばかりではありませんが、時折、カップラーメンを食べると、あの頃と同じようにぐんぐん力が湧きます」

律子先生がお金を数えながら言った。

「……」

律子先生は、スーパーの袋の中身を一目見て、さおりの過食嘔吐が再発しそうになったことに気付いたに違いない。

「もしよろしければ、みどり助産院の非常食としてすべて私に買い取らせてください。目が回るほど忙しいときに一緒に食べましょう。きっと、目が眩《くら》むほど美味しいはずです」

「律子先生……」

さおりは泣き出しそうな気持ちで言った。

決してさおりの行動を咎《とが》めない、律子先生の気遣いが嬉しかった。

「私の人生って、これでいいんでしょうか？」

思わず訊いてしまった。

「どういう意味ですか？」

律子先生が顔を上げた。

「急にごめんなさい。なんだか最近、自信がなくなっちゃって。私よりもはるかに成功している友人を目にしたら、自分が駄目な存在みたいな気がして、情けなくなっちゃったんです」

「睡眠時間をしっかり確保できていますか？　栄養バランスに配慮した食事を摂っていますか？」

律子先生が大真面目な顔で訊いた。

さおりは思わずぷっと噴き出した。

「笑いごとではありません。生きる上でいちばん大切なことです」

「ごめんなさい。律子先生が、母と同じことを言ったので思わず」

「お母さまの仰ることは正しいです。自分の身体を大切にすることは、精神状態の安定に直結します」

「確かにそうですよね」

さおりは頷いた。

青山さんの買い物かごの中を見たとき、「このままじゃいけない！」と本能的に思った。青山さんと一緒に、栄養満点の美味しいお昼ごはんを一緒に食べなくてはいけない！と居ても立ってもいられない気持ちになった。

「私たちはこのみどり助産院で、たくさんの赤ちゃんとお母さんに接しています。それはひとりの人間の人生の始まりという、最高に輝かしく美しい場面です」

律子先生が和室を見回した。

「はい、私も、いつも未来に溢れた可愛い赤ちゃんたちに助けられています。生命力に溢れた赤ちゃんたちを抱っこしていると、本気で生きる力をもらえるような気がします」

さおりは目を輝かせた。

「さおりさんの言うとおり、ここは幸せな場所です。ですが私は時にこの仕事で、始まりがあれば終わりがある、という当たり前のことに気付かされるときがあります。命の始まりをまっすぐ見つめれば見つめるほど、この眩いばかりの光にもいつかは必ず終わりが来るということを、意識せざるをえなくなるのです」

律子先生が、慎重に言葉を選んでいるとわかった。

「私は人生というのは、ただこの世界を楽しむためにあるのだと思っています。それをわかっている人の笑顔は、周囲の人たちを心から幸せにします」

さおりの胸に、たくさんの赤ちゃんたちの笑顔が浮かんだ。

赤ちゃんたちには、この人生で何かを成し遂げなくてはいけないという野心など少しもない。

自尊心《じそんしん》を守るためにか弱い誰かを見下すこともないし、自分よりも優れた人の功績を僻《ひが》むこともない。

赤ちゃんたちは、ただこの世界で出会ういろんなものに驚き、喜び、この世界を目いっぱい味わいながら、大好きな人に向かってとろけるように可愛らしい笑みを見せる。

「今日、青山さんに今の律子先生の言葉を伝えたら、もっと元気になってくれたでしょうか」

「今言ったのは、私の個人的な人生観です。青山さんが自分の人生にどう向き合うかは、青山さん自身が決めることです。けれどたくさんの人たちとの出会いの中で、きっと青山さんは間違いなく、みらいちゃんの笑顔がどれだけ可愛いか気付くはずです」

「みらいちゃん、可愛いですよね……」

さおりは思わず頬を緩めた。

「とびきりの可愛さです。ダウン症の赤ちゃんの笑顔があれほど柔らかくて可愛いのには、きっと理由があります」

二人で顔を見合わせて頷いた。

「律子先生、私、もっと頑張ります」

「何を頑張るのですか？　今のさおりさんには、極力無理をしないでいただきたいところですが……」

律子先生が怪訝そうな顔をした。

「もっと、この世界を楽しむことができるように頑張ります。行ってみたかったところに行ったり、会いたかった人と会ったり、美味しいものをたくさん食べたりします。実は今朝、ほんとうは馬事公苑のお洒落なカフェに行ってみたかったんです。次のお休みの日は必ずそこへ行って、うんとお洒落な気分に浸ってきます！」

「確かに新しい体験は心が躍《おど》りますね。赤ちゃんたちもみんな、新しいものが大好きです」

律子先生が微笑んだ。

11

さおりは少々緊張した面持ちでタブレットを開いた。リアルタイムでテレビを観ることができるアプリを起動する。

息が浅い。

観るのはやめておこうかな、と少しだけちらりと思う。

「律子先生に、この世界を楽しむ、って言ったでしょう？　観なかったら、きっと後悔するよ」

自分に言い聞かせるように呟いて、大きく息を吸った。

画面に美月の顔が映った。

友人から送られてきた予告の画像で見たとおりの、お団子ヘアに黒いワンピース、ゴールドのネックレス姿だ。

インタビュアーの質問に、ひとつひとつ真剣に考えつつ答えている美月は、さおりの記憶の中の姿よりもずっと大人びていた。

途中で、ふと気付いた。

身振り手振りを交えて一生懸命に話している美月のこめかみを、一筋の汗が伝った。

高校時代の美月は、すごい上がり症だった。

バレエを踊っているその瞬間は、どんなに大きな舞台でも平常心を保っていられる。しかしひとたび踊っていない場面になると、美月は授業中に先生に当てられただけで、顔が真っ赤になってしどろもどろになってしまうほど緊張しやすい子だった。

「えっと、そうですね。えっと、おそらく。えっと、私は」

美月がこんなふうに早口の「えっと」を繰り返すときは、心底緊張してしまっているときだ。

「美月、頑張れ……」

思わず画面に向かって呟いた。

幸い、インタビューはうまく編集されたようで、美月が早口の「えっと」を重ねて言ったのはそのときだけだった。

「では、VTRをご覧ください」

インタビュアーがカメラに向かって言うと、美月は「助かった……！」とでも言うように、うんうん、と素早く二回頷いた。

いかにも飾らない美月らしい仕草だ。

さおりは、くすっと笑った。

画面がゆっくり暗転してから、フラメンコの衣装を思わせる黒いビスチェに真っ赤なスカート、髪に大きな赤い花を挿《さ》した美月の姿が現れた。

背景はスペインの港町。周囲には赤い布を振り回す闘牛士《とうぎゅうし》がいたり、タンバリンを打ち鳴らす人々がいたりと何やら騒々《そうぞう》しい。

ドン・キホーテ第一幕、キトリのヴァリエーションだ。コンクールの課題曲として使われる有名なヴァリエーションの中でも、難易度が高い踊りだ。

キトリは港町の宿屋の娘で皆の人気者、気が強くて活発な娘だ。

猫のステップ、という意味の、パ・ドゥ・シャから、周囲を蹴散らすかのようにうんと高く脚を上げて、勢いよく回転してパ・ド・ブレで下がる。

次はシソンヌ。背中を反って大きくジャンプだ。

美月は、力強く優雅に生き生きとキトリのヴァリエーションを踊る。勝気なキトリは、どんなに激しい動きをしても、身体の中心が決して揺らがない。

——体幹、すごい……。

キトリのヴァリエーションは、ほんの一分ほどの短い踊りだ。しかし一曲踊ると、どれほどベテランでも息が上がって汗だくになるハードな振り付けでもある。

美月が鋭い目線で取り巻きの男たちを一瞥して、舞台の右奥へ素早く駆けていった。

――さあ、後半が始まるぞ。

さおりは息をするのも忘れて、喰い入るように画面を見つめた。

美月は、一列に並んだ闘牛士たちの前を、連続回転の高速ピルエットで舞台を斜めに横断していく。

回り続ける美月の身体は、息を呑むほどまっすぐだ。視線はしっかりと一点に定まっている。どんどん速くなる音楽に合わせて、観客の拍手がわっと波のように押し寄せる。

高速で回る美月の表情は恐ろしいほど真剣だった。目の前に広がるものをまっすぐに見つめて、身体中に気持ちを張り巡らせて、全身全霊で、ただこの瞬間だけを生きていた。

この連続高速ピルエットは、踊る者のほんのわずかな気持ちの乱れを如実《にょじつ》に表す。悩み事に気を取られていたりすると、ほぼ間違いなく悲惨なことになる。

今この瞬間にどこまでも集中して、ただ踊ることだけに命のすべてを委《ゆだ》ねたそのときだけ、音楽のリズムにぴたりと合った一切ブレのないピルエットが完成するのだ。

「すごい、美月、すごい！」

さおりの二の腕に鳥肌が立ち、目に涙が浮かんだ。

美月はきっちり十七回連続で回り、最後は二回転のダブルで決めた。
さおりは涙を拭って、スマホに飛びついた。
舞踊専攻の同級生たちのグループを開く。
《美月、すごい！ 本当にすごい！ 泣いたよ！》
素晴らしいものを目にしたときの嬉しくてたまらないこの気持ちを、みんなに聞いて欲しかった。
《私も見た！ 美月、天才！》
《美月、すごいよー！》
スマホの画面に次々と浮かぶ、美月を絶賛する言葉を目にしていると、胸にぽっぽっと花が咲いていくような気がする。さおりの顔には大きな笑みが浮かんだ。
《美月ちゃんの踊り、キトリの第一幕のヴァリエーションでしたね。今、お父さんと一緒に観ました》
友人たちと盛り上がっている最中に、母からもそんなメッセージが届いた。
《私も観たよ！ すごくよかった！》
急いで返信して、再び友人たちのグループに戻ろうとしたそのとき。
《後半のピルエットは非の打ちどころがありません。さすがプリンシパルの風格ですね。

ですがお父さんは、第二パートのシソンヌは、さおりちゃんがコンクールで踊ったときのほうが伸び伸びしていてよかったのでは、と言っていました》

「……ちょっとやめてよ」

さおりは思わず呟いた。

バレエの技術で美月に勝てるところなんてどこにもないことは、さおり自身がいちばんよくわかっていた。

「絶対に、絶対にそんなわけないでしょ。っていうか、そんなことを言われて私が喜ぶとでも思う？　キトリのヴァリエーションを踊ったコンクール、っていったいいつの話よ」

少々むっとしながらそのとおりのメッセージを書こうと親指を動かしかけて、さおりはふと手を止めた。

しばらく考えてから、《そう？（笑）》と一言だけ返信した。

テレビの画面はいつの間にか、まったく別の話題に移っていた。

美月の姿がテレビに大きく映ったのは、ほんの数分のことだ。

けれどあのキトリのヴァリエーションを観ることができて、あんなふうに全身全霊で頑張っている美月を観ることができて、本当によかった。

《美月、本当にありがとう》

さおりは同級生のグループに、最後にそんなメッセージを送った。

12

有希はレースカーテン越しの朝の光に目を開けた。

昨夜、寝室の遮光カーテンを閉め忘れてしまったのだ。

時計を見ると朝の六時だ。

まぶたが重くて重くて、渾身《こんしん》の力で目を開けても普段の半分ほどの大きさになってしまっている気がした。二日酔いの朝のようなひどい頭痛がする。

昨日、勇也と一緒に、みらいの染色体検査の結果を聞きに病院へ行った。

検査の結果が書かれた紙を前にして、主治医から説明をしてもらっている最中から、有希の涙は止まらなかった。あんなに蒼白な顔色の勇也を見たのも初めてだった。

遺伝カウンセラーという白衣の女性が、ダウン症について丁寧に説明してくれた。けれど、話の内容はすっかり頭から抜け落ちてしまっている。

その後、しばらく落ち着くまで休んでください、と通してもらった部屋には、出産までの間に顔見知りになった看護師さんが入れ替わり立ち替わりやってきてくれたけれど、誰と何を話したのかさえまったく覚えていない。

有希の涙がいつまでも止まらないので、電車で帰ることはできなかった。タクシーに乗って、夫婦ともにふらふらになってどうにか帰宅した途端、勇也も泣き崩れた。

――嫌だ！　こんなの嫌だ！　悲しい！　苦しい！　辛い！

思いつく限りのネガティブな言葉を言い合いながら、夫婦でおいおい声を上げて抱き合って泣いた。

二人ともずっと泣いていた。食事をしながら、シャワーを浴びながら、トイレの中でも、みらいのお世話をしている最中も「ごめんね」と泣いた。

みらいは顔を真っ赤にして泣いているママとパパにオムツを替えられて、哺乳瓶でミルクをもらいながら、少し緊張した顔をしていた。そして起きていてもあまりいいことはなさそうだと察したかのように、いつもよりも早めにミルクを飲み干して、あっという間に寝てしまった。

昨日は、これまでの有希の人生の中で、間違いなく一番辛い日だった。

人はこれほど泣き続けることができるのかと思うほど泣いた日だった。

「……有希、起きた？」

勇也がまだ半分眠っているような掠《かす》れた声で言った。

不規則な勤務に慣れている勇也は、衝撃的なくらいの寝起きのよさが自慢だ。けれどそんな勇也でも、昨日は相当気力と体力を消耗《しょうもう》したようだった。

「……まだ。けど、みらいちゃんを起こしてミルクあげなきゃ」

泣いて泣いて泣き尽くして、泣きながら眠りについたのは、昨夜の二時だ。もうそろそろ、みらいのミルクの時間だ。

「俺が行こうか？」

「……お願いしてもいい？」

「もちろん」

勇也が、うっと呻いて身体を起こした。

「ごめん、やっぱり私が行くよ」

「いいよ、有希は少しゆっくりして。今日はみらいちゃんのお世話は俺に任せて」

身体を起こした勇也の口調が、いつものようにしゃきっとしてきた。

「……ありがとう」

勇也が横になった有希の髪をくしゃりと撫でて、二人のベッドにくっつけたみらいのベビーベッドを覗き込む。

「みらいちゃん、起きてたよ」

勇也が優しい声で言った。

「ひとりで、にこにこ笑ってる」

有希の胸にみらいの笑顔が広がる。

不思議と、これまでにも増してみらいへの溢れんばかりの愛情を感じた。

それはもしかすると、かわいそう、申し訳ない、不憫《ふびん》だ、なんて、前向きとはいえない感情から来ているものかもしれなかった。

有希は腫れ上がった目のせいでぼんやりとしか見えない、寝室の天井を見上げた。

窓から淡い朝の光が差し込む。

目覚めた世界は、眠る前と同じように悲しい。今、泣いてもいいよ、と言われたら一瞬で号泣する自信があった。

——けれど。

有希は大きく息を吸って、吐いた。

——けれど私は、みらいのことが好きだ。それだけは決して変わらない。それだけは決して揺らがない。

みらいが勇也の姿に喜んで「うー」と声を上げた。

その声を聞けることが何よりも嬉しかった。

みらいがダウン症でなければよかったと思う。今はまだ、心の底からそう思ってしまう。けれどみらいがいない人生は想像できない。ダウン症ではない別のみらいに取り替えて欲しいなんて、そんな恐ろしいことは微塵《みじん》も思わない。

有希の目に涙が浮かんだ。

――これはいったい、どんな涙なんだろう。自分でもよくわからない。けれどこれから先も、きっと私はこうしてたくさん泣くだろう。

「ほら、みらいちゃん、にこにこでしょっ」

勇也がみらいを抱き上げて、有希に顔を見せた。

顔を上げた有希は、思わずぷっと噴き出した。

「えっ？」

勇也が不思議そうな顔をする。

勇也の両目のまぶたは倍くらいに腫れ上がって、ほとんど目が開いていない。おまけに百回くらい洟《はな》をかんだせいで鼻は丸く赤くなっていて、端正なはずの顔がまるで別人だ。

「今すぐ、洗面所で鏡、見てきて……」

お腹を押さえて笑いながら、勇也からみらいを受け取った。

「えっ？　目、そんなに腫れてる？」

ふわふわで柔らかいみらいの身体を、胸にひしと抱きしめる。

勇也が部屋から消えて数秒の後――

「わっ！　何これ⁉　誰⁉」

洗面所から勇也の悲鳴が響き渡った。

「これ、本当に俺？」

寝室に駆け戻ってきて自分の顔を指さす勇也は、げらげらと笑っている。

有希も「大人って、泣くと体力使うんだね」と笑った。

「じゃあ、次、有希、顔見てきて」

勇也に言われて有希は、とんでもない！　と大きく首を横に振った。

「絶対やだ！　見なくていい！」

「いや、結構楽しいよ。見てきたほうがいいと思う」

「やだ、って言ってるでしょ。人の顔を楽しいとか、失礼だから」

「え、そんなあ。だって有希が先に俺に見てきて、って……」

「私はいいの」

「何だよそれー」

そのとき、有希の腕に抱かれたみらいが、にこっと笑った。

有希と勇也ははっとしてみらいを覗き込む。

「……可愛い笑顔だね。ダウン症でも関係ないよ。みらいちゃんは世界一可愛い」

勇也が言った。

有希の気持ちを確かめているようにも、父親としての覚悟を表しているようにも、少しぎこちなくて偽善ぽくも感じる口調だ。

「……うん、みらいちゃんは可愛いよ」

私の言葉も、きっと勇也と同じくらいまだまだ不安で、まだまだ危なっかしいはずだ。けれど、大丈夫。きっと大丈夫。

私たち、何があってもみらいのことが好きだから。大好きだから。

有希は朝の光に溢れた寝室を見回した。

病院でもらってきた支援団体やNPO法人、行政サービスなどの資料が、枕元に重ねて置いてある。昨夜読もうと思ったけれど、お互い泣くのに忙しくて手に取る暇がなかった資料だ。

明るく優しい雰囲気のパンフレットの向こうに、今の私たちと同じように、すっかり顔が変わってしまうまで泣き続けた人たちがいる。

その人たちが、みらいに、そして私たち家族に向かって手を差し伸べてくれている。

そう思うと、ふいに胸が震えるような頼もしさを覚えた。

「ねえ勇也、そこにあるパンフレット取ってくれるかな。一緒に見てみよう」

有希は腫れぼったい目を必死に見開いて、勇也に笑いかけた。

第四話

おっぱいをどうする

1

朝倉透子《あさくらとうこ》は、待ち合わせ場所である新宿伊勢丹《いせたん》内の野菜カフェに現れた千佳《ちか》に、「こっち、こっち」と手を上げた。

千佳に会うのは大学卒業以来八年ぶりだったが、すぐにわかった。

明るいブラウンだった千佳の髪はすっかり落ち着いた色になっていて、艶々のロングのストレートヘアは切りっぱなしのショートボブになっていた。

服装もずいぶん変わった。お互い学生時代は、色鮮やかで少々攻めたデザインの流行のファストファッションに身を包んでいたが、今日の千佳は軽くて動きやすい薄手のダウンコートに、ジャージ素材のロングワンピース、足元は白いレザースニーカーだ。

おまけに大きなマスクをしていたので、顔だけに注目していたらすぐには千佳だとわからなかったかもしれない。だが、千佳本人が言っていたとおり、大きなお腹は何よりもわかりやすい目印だ。

「透子、久しぶり。ぜんぜん変わらないね！」

透子の姿に気付いた千佳が目尻を下げて笑った。

その笑顔を目にした途端、これまで会えなかった長い時間を一瞬で取り戻したような気持ちになった。

「千佳のほうこそ。相変わらず綺麗だね」

千佳は二人が通っていた都内の女子大で、美人で有名だった。週刊誌の〝美人女子大生図鑑〟なんてコーナーで、大学構内で張り込んでいたカメラマンに頼み込まれて撮影に応じたスナップ写真が大きく取り上げられたこともある。

「ありがとう。お互いそういうことにしておこうね」

千佳はくすっと笑って、「よいしょっと」と大きなお腹を抱えるようにして、透子の前の席に座った。

「今、何ヶ月だっけ？」

「八ヶ月。まだ予定日まで一ヶ月以上あるなんて、想像できない大きさでしょ？　これ以上お腹が大きくなったら、自力で起き上がれなくなりそう。ひとりしかお腹にいなくてもこんな感じだから、双子だったら、どのくらいの大きさになるんだろう」

「実は私のお姉ちゃんのところ、男女の双子なんだよ。私はちょうどひとり暮らしをしていた時期だからあんまりよく知らなかったんだけど。お母さんが言うには、妊娠中も、産後もすごく大変だったみたい」

「ええっ！　男女の双子！　お姉さん、どれだけ大変だっただろうね……」

千佳が涙ぐむ真似をした。

「だね。今度会ったら、いろいろ話を聞いてみる」

姉の涼子《りょうこ》が双子を出産したのは、ちょうど透子が東京にいない時期だった。

大学卒業後、透子は女性向けのアパレル企業に就職し、入社早々名古屋支店に転勤となった。

これまで縁もゆかりもなかった場所でのひとり暮らしは、同じように全国から集められた同世代の仲間に恵まれて、美味しいものを食べたり観光したり、時々合コンをしたりと、毎日忙しく楽しかった。

けれど入社して数年が経って、祖父母が亡くなったり、周囲がちらほら結婚したりし始めると、透子にも迷いが出てきた。

基本的に土日休みを取ることができず、お給料のほとんどがひとり暮らしの生活費と服代に消えてしまうこの仕事をずっと続けるのは、ちょっと辛いなと思った。

三年目で名古屋の老舗《しにせ》デパートの旗艦《きかん》店の店長になって、さらに二年。福岡店への異動を打診されたタイミングで、透子は仕事を辞めて生まれ育った東京に戻ってきた。

これまでの経験を生かして、同じアパレルでも転勤のない契約社員として働きながら、結婚相談所に入会して婚活をし、そこで出会った三つ年上の信之《のぶゆき》と結婚した。

学生時代に仲がよかった千佳とは、お互い社会に出たばかりのいちばん忙しい時期に物理的な距離が離れてしまったこともあり、すっかり疎遠になってしまっていた。

「透子は体調どう？　今は、食べられないものはある？」

千佳が心配そうな顔で、テーブルの上のメニューを開いた。

「もうすっかり大丈夫。今は何でも食べられるよ。むしろ食べすぎちゃってちょっと気を付けなきゃ、って思っているところ」

「よかった。悪阻《つわり》の後って、うっとりするくらいご飯が美味しいよね。身体も嘘みたいに元気になるし」

「すごくわかる！　あとほんの一ヶ月タイミングがズレていたら、夏美《なつみ》の結婚式にも出席できたはずなんだけど。夏美のドレス姿、見たかったなあ」

「おめでたいことだから、夏美は少しも気にしてないよ。今は、透子の身体がいちばん大事だよ。夏美のドレスの写真、見る？」

「見る、見る！」

学生時代の共通の友人である夏美の結婚式に招待されたことがきっかけで、こうして透子は千佳と再会することができた。

夏美から《結婚式の招待状を送ってもいいかな？》と打診されたとき、透子は妊娠九週の悪阻が最も激しい時期で、終日トイレの中で暮らしていた。

朝から晩まで激しい眩暈と吐き気に襲われて、何を食べても直後に吐き戻してしまう。何も食べなくてもずっと胃液を吐いた。

二十四時間ひたすら「気持ち悪い！」という言葉に囚われていて、あまりの具合の悪さにトイレに籠って涙をぽろぽろ零した。結局、悪阻の期間の二ヶ月ほどで体重は六キロ減った。そのタイミングで、なし崩しのように仕事も辞めることになった。

そんないつ終わるとも知れない悪阻の真っ最中だったので、結婚式の出席は涙を呑んで断るしかなかった。

《本当におめでとう！　こちらのことは、少しも気にしないで。そういえば今、千佳も妊娠中だよ！　確か安定期に入ったところだって！》

久しぶりの名前を目にして、それも自分と同じ妊娠中だと知って、とても懐かしい気持ちになった。

悪阻が落ち着いてすぐに千佳に連絡を取り、こうして久しぶりに会えることになったのだ。

「夏美、カラードレスの色、ラベンダーにしたんだね。すごく似合ってる！」

透子は千佳のスマホの画面を覗き込んで、明るい声を上げた。

「綺麗だよね。そういえば透子って、カラードレス何色にしたの？」

「私、結婚したのがコロナ禍の真っ最中だったから、式はしていないんだ。ウェディングドレスと着物の写真を撮っただけ。まさに緊急事態宣言とかが出ていた時期だから、新婚旅行もなし」

透子は肩を竦めてみせた。

式ができなかった二人を不憫に思った両家の両親が、ちょうど結婚式の分くらいの費用をマンションの頭金として援助してくれた、という話は、わざわざする必要はないだろう。

「そうだったんだ。大変だったね」

「最初は、コロナが落ち着いたら改めて結婚式をしよう、って思っていたんだけれど、結婚してから一年も過ぎると、今さら結婚式って気分にもならなくなっちゃってね……」

「わかる。結婚って、始まっちゃえばただの日々の暮らしだよね。透子、正解だったかもよ。こうして妊娠してみると、結婚式の費用なんてもっともっと節約しておけばよかったのに、って心から思うもん。ドレスのオプションとかに使ったお金、その分、妊娠中に好きなだけタクシー移動するのに使いたかったよ！　って」

二人で顔を見合わせて、ぷっと噴き出した。

千佳とは昔から気が合った。

千佳はすごく美人で、確か実家もそこそこお金持ちのはずなのに、自慢話をしたり透子に〝マウントを取る〟なんてことは決してない。

――ああ、やっぱり千佳っていい子だな。

久しぶりの安らぐ感覚に、頬が緩んだ。

これから千佳と一緒に、初めての子育てができると思うと頼もしかった。

「そういえば、透子も世田谷だよね？　どこの病院で産むの？」

「私は、尾山台《おやまだい》バースクリニックだよ」

「えっ？　尾山台ってことは、もしかして無痛《むつう》分娩？」

千佳が身を乗り出した。

2

透子ははっと身を強張らせた。

「……よく知ってるね」

自分が無痛分娩での出産をするかどうかは答えずに言った。

テーブルに運ばれてきたカフェイン抜き、氷抜きのアイスティーを一口飲む。匂いだけがついた色水のような味に感じた。

「妊娠がわかったときにすごく調べたもん。でも尾山台って、妊娠五週で、もう分娩予約が埋まっちゃうくらいの大人気なんだよね。悩んでいる間にどんどん選択肢が減っちゃって、結局、家から電車の乗り換えなしで行ける慈愛《じあい》総合病院にしたんだ。慈愛総合病院って、建物はちょっと古いんだけど、結構昔から無痛分娩で有名みたいだったからさ」

――よかった！

透子は密かに息を吐いた。ほっと身体が緩む。

「千佳も無痛分娩なんだね。私もだよ」

千佳も〝仲間〟だと知って、ようやくこの言葉を口に出すことができた。

「透子が尾山台で産むって聞いた瞬間にわかってたよ」

千佳が前よりももっと親密な顔をした。

「もし選択肢があるなら、絶対、無痛分娩一択でしょ。出産で痛みを感じなかったら母親として失格、なんてそんなはずないよ。ずっと昔から、歯の治療をするのだって麻酔を使うのに、気絶するほど痛いっていう出産に麻酔を使ったら駄目なんて、ありえないよ！」

千佳が少し驚くほど鋭い口調で言った。

「透子の旦那さんは、無痛分娩の話をしたとき、なんて言ってた？」

「最初は、麻酔で事故があったってニュースのことを心配してた。いきむタイミングがわからなくて吸引《きゅういん》分娩になりやすい、って話もネットで調べたみたい」

透子は、ぬるくて味がしないアイスティーをまた一口飲んだ。

「出産って命がけのことだから。麻酔をしてもしなくても、多かれ少なかれ事故の可能性はあるよね。これまでに無痛分娩の症例数が多くて、何かあったらすぐに対応できる都内の大きな病院だったら、普通分娩と比べて急に危険が増えるってことはないと思う」

千佳がきっぱりと言った。

「私も、まさにそんなふうに説明したよ」

「欧米では、七割以上が無痛分娩で出産している、って話もした？」

「した！　フィンランドでは九割が無痛分娩だって話もした」

「フィンランド！　わかる！　私もその話、旦那に熱く語ったよ」

二人で思わず声を出して笑ってしまった。

「最終的には、産むのは透子だから、透子が決めていいよ、って言ってくれたんだ」

「うちもまったく同じ感じ。お互い、旦那が、頭のカタい人じゃなくてよかったね」

「うん、そこは本当によかった。でも、旦那と無痛分娩について話し合うのとかすごく面倒だったなー。男にはそもそも関係ないことだと思わない？」

透子は思わず愚痴を零した。

「透子の言うとおりだよ。だって産むのは女なんだから。出産方法に旦那の許可なんて一切いらないはずだよね。きっと私たちの子供が大人になる頃には、麻酔なしで出産するなんてそんな恐ろしいこと考えられない、って時代になるよ」

千佳が力強く言ってくれて、胸がすっとした。

出産方法として無痛分娩を選んだということを、こんなに明け透けに語り合えたのは初めてだった。

無痛分娩で出産すると決めてから、ずっとどこか後ろめたかった。

現代の日本で無痛分娩での出産の割合は、すべての出産数の一割以下だ。実施病院は首都圏に集中している。

ネットには、無痛分娩は生まれてくる赤ちゃんに悪い影響がある、という医学的根拠のない情報が散見する。一方で、無痛分娩を否定するような発言をした男性タレントが、「男は黙っていろ！」という調子で、SNS上で激しく批判されたりもする。

「反対はしない」「できることならやってみたい」と言いつつも、「私はやらない」「何かあったら怖い」という意見を持つ人が多い。

そんなまるで美容医療のような位置づけなのが、現代日本における無痛分娩のイメージだ。

千佳の言うとおり、無痛分娩の症例数が多く、万が一何かあったときの対応もきちんと考えられた病院を選べば、無痛分娩と麻酔なしの分娩とで大きく危険性が変わることはないはずだ。

だが、先ほど千佳に伝えた夫の信之の言葉は、実際は微妙にニュアンスが違う。

——透子がそれほど無痛分娩じゃなきゃ嫌だ、って言うなら、僕はそれで構わないよ。

出産するのは透子だから、僕の立場でこれ以上反対はできないよ。

それほど言うならば渋々、という口調の信之の〝賛成〟という言葉をどうにかして勝ち取って、透子は即座に都内の無痛分娩で最も有名な病院に分娩予約を取った。

小さい頃からとても痛みが怖かった。

学校での集団予防接種の日は注射が嫌で数日前から気が重く、病院で採血をしてもらう直前に眩暈を起こして倒れてしまったこともあった。

歯医者では震えが止まらなくなり、毎回、笑気《しょうき》麻酔をしてもらってどうにか耐えた。

周囲から、臆病《おくびょう》だ、大袈裟だ、と笑われるたびに、情けない気持ちになった。

痛みを感じること、それ自体は受け入れることができるのだ。

突発的な怪我や打ち身にはけろっとしているし、頭痛や生理痛のときに鎮痛剤を飲みすぎてしまうわけでもない。

ただ、これから痛みがやってくると想像することがたまらなく辛い。未来に避けられない痛みが待っていると思うと、それがどんな些細な痛みであれ、世界が暗く見えて気持ちが塞《ふさ》いでしまう。

ピアスや刺青《いれずみ》なんて、傍《はた》から見ているだけで震え上がりそうになった。

物心ついた頃からのそんな自分の性格を持て余していたので、これで出産までの半年以上、陣痛の恐怖に怯《おび》えなくていいと思うと、羽が生《は》えたように胸が軽くなった。

産院で無痛分娩の説明を受けながら、「分娩予約が間に合ってよかった」と、ずっと安心していた。

ほどなくして始まった悪阻のときも、「これさえ乗り越えれば、あとは少しも痛くない快適な出産が待っている！」と自分を鼓舞した。

けれどそんな生活の中で、胸の中でほんの小さな、しかしはっきりとした別の声が聞こえてもいた。

——私は、駄目なお母さんなのかもしれない。

私は出産という場面で、赤ちゃんのためにすべての痛みを引き受けて、今できる限りの最善を尽くすべきなのではないだろうか。

自分の痛みが怖いというだけの理由で、万が一ほんのわずかにでも赤ちゃんに影響があったら、私はどれほど後悔することになるんだろう。

そんなふうに考えてしまうと、自分の決断が怖くてたまらなくなった。

だから学生時代の友人の千佳が、こんなふうに透子と同じように無痛分娩を選んだという事実を、透子は驚くほど心強く感じた。

きっと、このタイミングで千佳と再会することができたのは運命だ。

つい数日前から感じ始めた胎動で、透子のお腹がぼこっと鳴った。

「私のほうが二ヶ月早いから、出産が終わったら無痛分娩の感想を伝えるね」

「うん、ぜひ！　身近に無痛分娩で産んだ人ってまったくいないから、話を聞けるのすごく嬉しいな」

「実は無痛分娩で産んだ人って、都内だと結構いると思うよ。いろいろめんどくさそうだから自分からは言わないだけで。こっちからあっけらかんと『私は無痛分娩で産みます』って言うと、結構みんな実は私も、私も、って名乗り出ていろいろ教えてくれたよ」

「そうなんだね。確かに、いろいろめんどくさそうだもんね」

透子は肩を竦めて、〝仲間〟同士の親密な笑みを浮かべた。

「このめんどくささ、本当になくなればいいのにね。みーんな、幸せならばそれが一番だよ。他人のことは放っておいて欲しい。陣痛の痛みを感じないと母親失格とか、そんなわけあるかって」

「うん、うん。わかる、わかる」

透子はにこにこ笑って頷いた。

「それに無痛分娩って、ちゃんと痛いんだよね。できる限り陣痛促進剤《そくしんざい》を使わないようにするために子宮口が開き切るまで麻酔を入れないから、しっかり陣痛を感じるの。無痛分娩を批判している人たちって、そのあたり、わかっているのかなあ」

アイスティーを手に取りかけていた透子は、ぴたりと動きを止めた。

3

ランチを終えてから、六階のベビー服やマタニティグッズの売り場を見て、最後に地下食品街でお互いの夫へのお土産に焼きたてフィナンシェを買った。

「今日は、透子に会えて本当に嬉しかったよ。これからも、親子ともどもどうぞよろしくね」

「こちらこそ、どうぞよろしくね」

お互いお腹を撫でながらそう言い合って、伊勢丹から直結の新宿三丁目の駅を使うという千佳とは、そこで別れた。

透子は新宿駅に向かう地下街を歩きながら、ふいにどっと身体が重くなるのを感じた。妊娠してから急に、新宿の街の猥雑《わいざつ》な雰囲気が苦手になった。

透子の家の最寄り駅は京王《けいおう》線と世田谷線が通る、下高井戸《しもたかいど》駅だ。新宿駅はいちばん近いターミナル駅なので、これまで仕事でも買い物や遊びでもさんざん使っていたはずだ。

しかしこの街にはあまりにもたくさんの、そしてさまざまな人が行き交っている。

新宿伊勢丹で買い物をする品のよい老夫婦の横を、ボロボロのスニーカーを履いて顔中ピアスだらけの若い女の子が歩きスマホで通り過ぎる。ティファニーの路面店に結婚指輪を選びに来た幸せそうなカップルのすぐ近くで、酔っ払った路上生活者が喚《わめ》き声を上げる。

妊娠前は、こんな混沌《こんとん》とした新宿の雰囲気は少しも嫌いではなかったはずだ。

なのに今は、荒《すさ》んだ生活を送っている人々の姿が妙に目に付く。

妊娠中のこの身体で万が一にでも絡《から》まれたり、物を盗《と》られそうになったらどうしよう、という現実的な不安はもちろんある。それに加えて、周囲の刺々しい雰囲気からお腹の赤ちゃんを守らなくてはいけない、という恐怖に似た気持ちを覚える。

透子はあまり周囲の光景が目に入らないように俯《うつむ》いて、早足で進んだ。

——無痛分娩って、ちゃんと痛いんだよね。

——できる限り陣痛促進剤を使わないようにするために。

千佳の発言が胸に蘇《よみがえ》った。

不意に泣き出しそうになった。

どうしてあのとき私は、「私は〝完全無痛分娩〟という形で一切の痛みなく、陣痛促進剤を使っての計画出産で出産する予定なんだよ」と言えなかったのだろうか。

ただ、そう言えばよかっただけなのに。

千佳は頭がよくて思いやりのある人だ。それを聞いたらすぐに、自分の発言が透子の胸をざわつかせてしまうものだったと気付いて、全力でフォローしてくれたに違いない。

けれど私があの会話をさらりと流してしまったせいで、これからきっと私は、麻酔や陣痛促進剤、陣痛の痛みの捉え方に対する千佳の発言に、何度も傷つくことになるに違いない。

——せっかく千佳に再会することができて嬉しかったのに、いろんな情報交換をして、たくさん助け合って、楽しく育児ができると思っていたのに……。

透子は唇を嚙んだ。

同じ無痛分娩という名でも、その方法は産院によってさまざまだ。

千佳の産院は、自然に陣痛が来るのを待ち、それからしばらくして子宮口が開き切って、いよいよ出産となる直前に、麻酔を使って赤ちゃんが産道を通る痛みを軽減するという方針のようだった。

一方で、透子の産院は少しやり方が違う。

尾山台バースクリニックは陣痛の始まりから出産まで、一切の痛みを感じない〝完全無痛〟を売りにしていた。あらかじめ出産する日を決めて入院して、陣痛促進剤を使って人工的に陣痛を誘発《ゆうはつ》する出産方法だ。

生理が一週間遅れたことで妊娠に気が付いたときの透子は、それまで陣痛促進剤なんて名前を聞いたこともなかった。医師が確実に常駐している曜日、時間帯に出産を調整することで出産時の事故を防ぐ計画出産という形を取る、という病院からの説明に何の疑問も感じなかった。

しかし悪阻がようやく落ち着いた頃になって、〝完全無痛〟の〝計画出産〟は都内でも数軒の産院でしか行われていない珍しい分娩方法だと知った。出産の際に陣痛促進剤を使うことを忌避《きひ》する意見があることも知った。

出産するならぜひ無痛分娩で産みたいと思っていた。けれど、さらにその先の麻酔を打つタイミング、陣痛促進剤を使用するかどうか、なんて細かいところにまではっきりとしたこだわりがあったわけではない。

ただ「無痛分娩」と検索して出てきた産院のリストの中から、自宅から車で十五分以内、実家からも近いその産院を選んだだけだ。

悪阻も落ち着いて、仕事も辞めて、時間がいくらでもある今になってゆっくり考えると、今から改めて産院を選ぶならば、もう少し気軽な形での無痛分娩ができる産院にしておけばよかったとも思う。そのほうが費用もずっと安かった。

けれども、少子化で都内でも出産できる施設がどんどん減っているご時世に、今さら「こちらの産院のほうがよさそうだから」なんてふんわりした自己都合での転院なんてできない。妊娠判明時からの経過をすべて診てもらっている今の産院のことを、信頼してもいた。

信之に相談することはできなかった。

無痛分娩という透子の選択を尊重してくれて、さらに追加でかかる費用にも嫌な顔ひとつしなかった信之の心を今になって乱すのは、さすがにマナー違反だと思った。

だから不安ながらも腹を括ると決めた。

透子には専門的な医療知識がないのだから、いくら調べてもいくら考えても不安が増すだけだ。主治医とスタッフを信頼して、注意点をきちんと守って全力で出産に向けて頑張ろう、と前向きに考えることにしたのだ。それなのに――。

――疲れたな……。

せっかくの友人との再会だったのに。せっかくのお出かけだったのに。

透子はマスクの中で小さな声で呟くと、地下道の反対側から周囲を蹴散らすような足取りで歩いてくるサラリーマンに慌てて道を譲った。

4

透子は三日前に退院したばかりの紗良《さら》を胸に抱いて、その寝顔をじっと見つめていた。

実家のマンションの、広くて明るいリビングだ。両親の趣味で、モノトーン基調のインテリアに真っ赤な革張りのソファが置かれている。

ソファの赤い色は少々目がちかちかするけれど、里帰りをさせてもらっている立場で不満があるはずもない。

「紗良……」

これから何千回も何万回も呼ぶことになるその名前を、幸せな気持ちで呟く。

赤ちゃんというのがこんなに可愛いものだと、出産してから初めて知った。

うっとりするような甘い匂いがする。どこもかしこも小さくて、その黒目勝ちの目はどんな高価な宝石よりもこの胸を震わせる光を放つ。

と、玄関の鍵がぴっと鳴ったかと思うと、ドアが勢いよく開いた。

「透子ちゃーん！」

「こんにちはー！」

「わー！　赤ちゃんいる？」

「いる？　抱っこさせて！」

五歳の男女の双子たちが一目散に駆け込んできた。一瞬にして部屋は嵐のような騒々しさに包まれる。

「はいっ！　まずは、何より先に手を洗う！」

先に素早く手洗いを済ませた姉の涼子が、双子たちを勢いよく洗面所に追いやった。

実家の大理石《だいりせき》の洗面所には、遊びに来る双子たちのために子供用の踏み台と、猫の肉球の形に泡が出てくるハンドソープが置いてある。

水を流す音と、子供たちがきゃっきゃとはしゃぐ声が聞こえた。

「透子、久しぶり。出産おめでとう」

六つ上の姉の涼子が紗良の顔を覗き込んだ。

「紗良ちゃん、はじめまして。やだ、ちょっとありえないくらい可愛い……」

涙が混じった声に、透子の胸も熱くなった。

「お姉ちゃん、抱っこしてあげてくれる？」

「いいの？」

「もちろん」

涼子が紗良をそっと抱いた。

「わあ、赤ちゃんだあ」

涼子が涙ぐんだ目で紗良を見つめる。

「赤ちゃんってこんなに可愛いんだね。今、初めて知ったかも」

「変なの。二人も育ててるのに」

透子が笑うと、涼子が首を横に振った。

「あの子たちが生まれたばかりの頃って、こんなふうにじっくり顔を見る余裕なんてまったくなかったんだよ」

「そっか、双子って大変なんだね」

「大変なんてもんじゃないよ。私が出産した頃は、ママとパパはほとんど日本にいなかったから私がワンオペで頑張っちゃったせいで、一回、本気で生活が破綻《はたん》したよ。それからは頼れるところにはすべて頼ることにしたんだ。いちばん辛かった時期は、家のインターホンを鳴らして宗教の勧誘に来た人を捕まえて、オムツ替えを手伝ってもらおうかと思うくらい忙しかったもん」

「ええっ！　それって、相当大変だったんだね」

透子と涼子の母は、建築事務所を経営する設計士だ。父はフリーのプロダクトデザイナーとして、日用品から鉄道車両のデザインまでを手がけている。

二人とも五十代後半で、自営業としては脂の乗り切った時期だ。生まれたばかりの赤ちゃんの育児を手伝ってもらうには仕事が忙しすぎる。

――里帰り？　もちろんいいわよ。私もパパもあまり家にいないから、朝晩の食事と掃除洗濯くらいしかしてあげられないけれど。涼子のときを思い出すと、私もこっちに来てくれた方が安心よ。

産後のことを相談した母に快くそう言ってもらえたことは、有難かった。

今、両親が暮らす実家のタワーマンションは透子と信之が暮らすマンションの部屋よりも一回り広くて、最新の設備が整っている。おまけにスーパーやドラッグストア、駅からも近い好立地だ。

退院して三日、確かにこの家には日中は誰もいない。

けれど、夜になれば必ず父と母が次々に帰ってきて、沐浴やオムツ替えなど、ほんの少しだけでも育児を手伝ってくれる。さらに二人揃って紗良のことを「可愛い、可愛い」と大騒ぎしてくれるというのは、それだけで心強かった。

「入院したのって三日間だけだよね？　無痛分娩って本当に身体の回復が早いんだね。私は帝王切開だったから十日くらい入院してたよ。あの入院期間ですごく筋肉が減っちゃって、退院してからしばらく立ち上がるだけでふらふらしてた」

涼子が紗良をあやしながら言った。

時代の流れに決して臆しない性格の母は、透子が無痛分娩を選んだことに全面的に賛成だった。きっと涼子にも、そのことを得意げに話したのだろう。

「普通分娩を知らないから、体力回復の早さはあんまり実感がないけど。とりあえず今のところ結構元気だよ。会陰切開の跡が痛いくらいかな」

「そっか、元気なのが何より。私も普通分娩のことはぜんぜんわからないけど。陣痛って、どうやらすごく大変みたいだもんね」

姉妹とも子供がいるのに陣痛を一切味わったことがないのかと思うと、透子は不思議な気持ちになった。

あ、でもお姉ちゃんは帝王切開というきちんとした医学的な理由だ。けれど私は……。

そんなふうにごちゃごちゃした思考が頭の中を回り始めそうになったところで、涼子が、

「ところで、来週から茅ヶ崎に行くんだよね？」

と、話題を変えた。

来週の月曜日から一週間、母は出張で徳島に、同じく父も出張でフランクフルトへ行く。さらに信之の出張が重なってしまったので、ネットで見つけた茅ヶ崎にあるマザーズ茅ヶ崎という産後ケア施設に、紗良と一緒に泊まりで行くことにしたのだ。

「うん、三泊四日だけだけど」

「いくらぐらいかかった？」

ずばり訊かれて、透子は苦笑いを浮かべた。

声を潜めて三泊四日の基本料金を伝えると、涼子が「ひえー！」と目を剥いた。

「信之さん、あんないい人そうな顔をして稼いでるねえ」

「もう、お姉ちゃん、そんな言い方やめてよ。産後ケア施設のお金は、全額私の貯金から出しました」

産後ケア施設に宿泊するには、都心の外資系高級ホテルに泊まるよりも高いくらいの費用がかかる。

しかし湘南の海が一望できる施設で二十四時間体制で助産師が育児のサポートをしてくれて、豪華な食事が三食用意される。岩盤浴や温泉、カラオケにマッサージルームまであって、至れり尽くせりのお姫さまのような暮らしができるという夢のような場所だ。

ちょうど産後すぐに家族が皆出張に出てしまうという機会が重なったこともあるが、実は透子は、産後ケア施設というのがどんなところなのかすごく興味があった。

こういう変なところで好奇心が旺盛《おうせい》なのは、きっと母譲りだ。

無痛分娩のおかげで、今のところ、さほど出産で体力を消耗した気はしていなかった。まだ育児が始まって十日も経っていないけれど、赤ちゃんのお世話がそれほど辛いと思ったことはない。

贅沢かもしれないけれど、このあたりで少しくらい「自分へのご褒美」があってもいい。

「それはごめん。産後ケア施設、満喫《まんきつ》してきてね。どんなところだったか教えて。もし向こうで困ったことあったら、いつでも連絡して」

「うん。写真とかたくさん送るね。あれ？」

洗面所から、「きゃー！　やめてー！」「つめたいっ！」という楽しげな悲鳴が聞こえてきた。

続いて水が勢いよく飛び散る音。

「やだ、ちょっとごめん」

紗良を透子の腕に戻した涼子が、駆け足で洗面所に向かった。

「あんたたち、何やってるの⁉」

涼子の怒鳴り声と、双子が一斉にぎゃーっと泣き出す声が響き渡る。

「今すぐ片付けなさい！　はいっ、床を拭く！　すぐに拭く！　ほら、泣いてる場合じゃないのよ。すぐに拭く！」

涼子の大声に、透子はくすっと笑って紗良の額に頬を寄せた。

5

マザーズ茅ヶ崎のロビーからは、陽の光を反射してきらきらと輝く湘南の海が一望できた。

「こちらは岩盤浴ルーム、そしてこちらは最新式のマッサージチェアコーナーです。どちらもスマホアプリで即時予約をしていただけます。もちろん岩盤浴やマッサージの間は、赤ちゃんはこちらでお預かりいたします」

紗良を抱いた透子は、スタッフの女性に館内を案内されながらひたすら「すごい……」

と呟き続けていた。

パンフレットの写真で想像していたとおりの、海辺のリゾートホテルとしか思えない明るく開放的な施設だ。

どこも掃除が行き届いていて、微かにアロマのいい匂いがする。館内にはクラシック音楽が流れていた。

「朝倉様のお部屋はこちらになります。こちらにいらっしゃる間は、朝倉様と紗良ちゃんのことをスタッフが二十四時間体制で見守りをいたします。何かご用がございましたらそちらのインターホンで、どんなことでも何なりとお申し付けください。それでは、どうぞごゆっくりお過ごしくださいませ」

「あ、ありがとうございます……」

案内されたワンルームタイプの個室は、名古屋でひとり暮らしをしていた部屋の三倍くらいの広さだ。

窓辺には横になれる大きさのソファがあり、仕事用にも使える広いテーブルとデスクも用意されている。ロビーの近くにはパソコンやプリンターまで自由に使えるコワーキングスペースもあると聞いた。

透子は窓辺のソファに腰かけた。

実家の真っ赤な革張りソファよりも硬めで、産後の腰に負担がかからないようになっているとわかった。ドーナツ型クッションが二種類置いてあるのに気付いて、ここまで気配りをしてもらえるのかと驚いた。

心地よいソファに身を預けて、窓の外に広がる風景を眺める。

こんなゆったりした気持ちで海を眺めたことなんて、人生で初めてのことかもしれない。

つい十日ほど前に初めての出産をしたばかりだなんて、想像もできなかった。

ふいに紗良が泣き出した。

この部屋では誰にも気兼ねする必要はない。

窓にレースのカーテンを引いて、すぐにおっぱいを出して紗良に飲ませた。

透子のおっぱいは、すべてにおいて〝そこそこ〟だ。

まったく母乳が出ないというわけではないけれど、完全母乳で育てることができるくらい溢れるほど出るというわけでもない。

出産直後の五日間くらいだけ分泌される初乳《しょにゅう》と呼ばれる黄色くて濃い母乳は、産院で赤ちゃんの免疫にとてもいいと聞いていた。

だから少し無理をして、手で搾乳をしてスプーンを使ってでも与えるようにしていた。

けれど、数日前から母乳がお米の研ぎ汁のようなさらさらした白っぽい液体に変わってきた。

「私はまったく母乳が出なかったから、涼子も透子もミルクだけで育ったのよ」とあっけらかんと言う母の影響が大いにあるのか、透子には母乳だけで育てたいというこだわりはなかった。

紗良がおっぱいを口から離して、顔を赤くして泣き出した。

そろそろ、透子のおっぱいが足りなくなってしまっているのだろう。

透子はセミダブルサイズのベッドの枕元にあるインターホンに目を向けた。

——何かご用がございましたらそちらのインターホンで、どんなことでも何なりとお申し付けくださいませ。

スタッフの女性の言葉が蘇る。

——お願いしちゃってもいいってことだよね……。

今このとき、透子は少しも助けを必要としてはいなかった。けれどせっかく高額な費用を払ったのだから、心ゆくまでサービスを利用してみたい。

好奇心に負けて、恐る恐るインターホンを鳴らした。

「はい、朝倉様。担当助産師、小峰《こみね》がお受けいたします」

——助産師さんが、対応してくれるんだ！

「え、えっと……」

思わず言葉を失ってしまった。

「何かお困りのことがございますか?」

優しく訊かれた。

「あの、ミルクを作ってもらうことってできますか？」

たどたどしく言いながら、ふいに胸の中で「私、いったい何をやってるんだろう」と不安げな声がした。

「もちろんでございます。すぐにお持ちいたしますね」

力強く言い切られて、金色の紙吹雪が舞うような明るい気持ちになった。

「本当にいいんですか？」

自分から頼んだのに、変なことを訊いてしまった。

「ええ、もちろんでございます。ミルクの調乳をご希望される方はとても多くいらっしゃいます。商品の指定はございますか？　こちらでは基本的にご指定がなければ〝めばえ〟の粉タイプを使わせていただいていますが、他の商品に変更することも可能でございます」

「な、何でも大丈夫です。その〝めばえ〟で平気です」

紗良が今まで飲んだことのない商品名だけれど、きっと大丈夫に違いない。

「承知いたしました。もしも紗良ちゃんが飲んでみてお味がお気に召さないことがありましたら、すぐに別のものをお持ちいたしますね」

そこまで甘やかしてもらっていいのかと怖くなるほどの気配りだ。

「あ、ありがとうございます。さっきここへ来たばかりで、何もわからなくてすみません」

「とんでもないことでございます。それと、もしもご興味がございましたら、毎朝十時から二階ラウンジにて、ミルクの作り方や抱っこ紐の調整方法、沐浴や寝かしつけなどの育児の基本を学んでいただける講座、マザーズクラスが開催されます。当施設のご利用者様にたいへん人気の講座でございますので、よろしければぜひご参加をお待ちしています」

「マザーズクラス、ですか……」

妊娠中、区が開催している母親学級、パパママ学級に出たことがあった。

保健センターで昭和の時代を思わせる古い出産のビデオを見て、赤ちゃんの人形とベビーバスで沐浴の練習をして、男性たちが妊婦のお腹の大きさと重さを体験する妊婦スーツを着た。

それなりに真面目に講座を受けていたはずだけれど、正直なところ出産のことで頭がいっぱいで、赤ちゃんの育児についてどんなことを教えてもらったかはあまり記憶にない。

周囲のサポートを得られるゆったりとした環境で育児の基本を教えてもらえる〝マザーズクラス〟というのは、透子が今まさに求めていたもののような気がした。

「ぜひ参加してみたいと思います。どうぞよろしくお願いいたします」

「承知いたしました。マザーズクラスの担当スタッフに申し伝えます」

インターホンが切れてから、初めて紗良がまだおっぱいを求めて泣いていたことに気付いた。

「紗良、ごめんごめん。すぐにミルクを持ってきてもらえるからね」

紗良をあやしながら広い部屋をゆっくり歩き回っていると、ほどなくして部屋のドアがノックされた。

「朝倉様、たいへんお待たせいたしました。ミルクをお持ちいたしました」

ああ、なんて快適なんだろう。

透子は紗良の大きな泣き声の中で、思わず口元を緩めた。

6

朝ごはんは和食と洋食から選ぶことができたので、洋食にしてみた。

焼きたてクロワッサンにサラダ、チーズオムレツ、ミネストローネスープと、フルーツの盛り合わせ、さらにグリーンスムージーも付いていた。

ラウンジのテーブルに集まったお母さんたちは、皆、赤ちゃんをベビールームで預かってもらって、窓の外に広がる海を眺めながらこの豪華な朝食を摂るのだ。

透子はにんまりと笑いそうになるのを必死に堪えて、涼子に送るための画像を何枚も撮影してから、お代わり自由と言われたサクサクのクロワッサンを口に運んだ。

——ああ、美味しい。

目を細めて、ガラス製のティーカップに注がれたルイボスティーを飲む。甘酸っぱい味が身体に広がる。

——次は、レモングラスティーを頼んでみようかな。

ドリンクメニューに目を向けたそのとき、「うっ」という小さな呻き声が聞こえた。

驚いて顔を上げると、透子の斜め前に座った女の人が両手で顔を覆っていた。

周囲を見回したが、ちょうどスタッフの姿は見当たらない。

「大丈夫ですか？」

もしも突然の体調不良だったら大変だ、と声をかけた。

「すみません。ごめんなさい。大丈夫です。ちょっと急に泣きそうになっちゃって」

女の人はタオルハンカチで涙を拭きながら、申し訳なさそうに言った。

「こんな温かい朝ごはんを食べたのなんて、どのくらいぶりかと思うと嬉しくて、嬉しくて……。なんだかすみません」

女の人は泣き笑いの顔を浮かべた。

「はじめまして。私は高田《たかだ》っていいます。子供は一人目、生後一ヶ月半で、昨日からここに入所しました」

――入所。

透子は想像もしなかった、この場に似つかわしくない厳《いか》めしい言葉だ。

そのたった一言で、高田さんの一ヶ月半の育児はとても大変なものだったのだと想像できた。

「朝倉です。うちの子も一人目で、まだ生後十日です。私も昨日からです。どうぞよろしくお願いいたします」

透子は微笑んだ。

「この施設、もう最高ですよね。天国かと思いました。幸せすぎて泣いたのなんて人生で初めてかもしれません」

高田さんが涙を拭きながら言った。

「確かにです。こんなによくしてもらっていいのかな、って思うくらいのホスピタリティですよね」

「今日これから始まるマザーズクラス、参加されますか？」

「はい、人気のあるクラスって聞いたので、ぜひ行ってみようと思っています」

「私もです。今さらながら育児の基本を教えてもらおうって思って参加します。これまで見よう見まねで、混乱しながら育児をしていたんで」

「確かに、育児のやり方の基本を教えてくれる講座、って実は、あまり聞いたことがないですよね」

「さっきお話ししたお母さんによると、マザーズクラスの参加者はミルクやオムツ、それに肌着や授乳ケープ、赤ちゃんのおもちゃまで入った豪華なサンプルセットをもらえるみたいですよ」

「わあ、すごいですね。楽しみです」

急に泣き出したときは驚いたけれど、高田さんはずいぶんと社交的な人のようだ。こうして当たり障《さわ》りのない会話ができるのは、よい気分転換になりそうだ。

「この施設は、どこで知ったんですか？」

高田さんが声を潜めた。

とんでもない高額の利用料金を払っている〝仲間〟という顔だ。

「すごく昔にファッション雑誌の記事で見たんです。ずっと記憶に残っていて、妊娠してから改めてネットで調べました」

透子はありのままを答えた。

「私は産院の紹介です。私、愛宕山《あたごやま》病院で産んだので、出産したほとんどの人がここを利用しているんです」

愛宕山病院は、出産費用が日本一高いという噂の都心の有名病院だ。一昔前は、芸能人と名の付く職業の人は、その病院で出産することがステータスだといわれていた。

「そうなんですね。愛宕山病院って、そんな感じなんですね」

ちょっと不穏な雰囲気を察知しながら、透子は頷いた。

「愛宕山病院って都内の病院では珍しく、どこまでも自然に近い出産を実現させてくれるんです。私、どうしても水中出産で産みたくて」

「そうなんですね」

——どこまでも自然に近い出産。

この流れはマズイ、と思いながら、透子はおざなりな相槌《あいづち》を打った。

ルイボスティーを一口飲む。香り深い濃厚な味が、急に消えてしまった気がした。

「水中出産って知ってますか？」

「……聞いたことはあります」

「最高ですよ！」

高田さんが身を乗り出した。

「体温と同じ温度のお湯に浮かんだ状態で自由な姿勢でいきめるから、痛みも少なくてとても自然な出産方法なんです。パパも一緒にプールに入って立ち会ってくれて、とにかくすごく感動的な出産でした。この感動は、きっと水中出産だからこそです」

「……そうなんですね」

これは一刻も早く退散したほうがいい。

高田さんの口調からは、水中出産のよさよりも、水中出産以外の分娩方法への不信感が滲み出ているような気がした。

透子は息を潜めた。

「もしも二人目を出産されるときは、ぜひ愛宕山病院での水中出産を検討してみてください。本当に本当に最高の出産体験ですから！」

「ありがとうございます」

透子が強張った笑みを浮かべたその直後、「朝倉様、お食事中すみません。ちょっとよろしいですか」とスタッフの女性が声をかけてきた。

「紗良ちゃん、先ほど目が覚めて少しお腹が減っているようですが、直接授乳をされますか？　もちろん、こちらでミルクをあげることもできますが」

「あ、はい。授乳します。すみません、失礼します」

「はーい、じゃあまた後で、マザーズクラスで会いましょう」

高田さんは透子に親しげに手を振った。

豪華な朝食を半分ほど残して、スタッフの女性の先導でベビールームへ向かう。

「もしも、おひとりで静かに過ごされたいときは、いつでもスタッフがお声がけをいたします。耳たぶをこのように触るサインをしていただければと思います。これは現在の利用者の方々の中で朝倉様だけのサインなので、他の方に気付かれることは決してありません」

スタッフの女性が左の耳たぶを揉み解すように触ってみせて、整った笑みを浮かべた。

7

「何、何？　透子、どうしたの？」

五歳の双子のいる家にとって、夜の十時半はほっと一息の時間なのか、はたまた猛烈に忙しい時間なのかはわからない。

けれどどうしても涼子の声が聞きたくてたまらなくなり、透子は思わず電話をかけた。

「……………」

ひたすらしゃくり上げている透子に、涼子はしばらく何も言わずに言葉を待ってくれた。

「明日、茅ヶ崎から直接自分の家に帰ることにしたんだよね。さっきママから聞いたよ。急に言われて驚いてたよ」

「……ごめんなさい。なんだか急に自分の家に帰らなきゃいけない気がして。ひとりでちゃんと育児ができるようにならなきゃ、って」

最高の休息の時間になるはずだったマザーズ茅ヶ崎での生活は、最初の朝に高田さんと出会ってしまったことで、散々なものになってしまった。

高田さんは、とにかく「自然」であることを大切にする人だった。

食事の際は、有機野菜という表示の基準についてスタッフに説明を求め、ベビーマッサージ講習では、講師にオイルの成分を細かく確認した。

透子を見つけると、親しげな笑顔で近寄ってきてずっと喋っていた。

高田さんは、決して透子を傷つけるような失礼なことを言ったりはしない。人の悪口を言うわけでもない。

なのに彼女と話していると、泣きたくなるほど胸がざわついた。

最初は耳たぶを触るサインで、スタッフにSOSを求めた。

スタッフは約束どおり、さりげなく間に入って二人を離してくれた。

けれどさすがにそれが何度も続くと、スタッフの手を煩《わずら》わせ続けることに気後れするようになった。

結局、三泊四日のほとんどを高田さんと過ごす羽目になってしまったのだ。

「そうか、それは大変だったね」

涼子が気の毒そうに言った。

「せっかくあんなに高いお金を払ったのに、せっかく海が見える素敵な施設でのんびり、ゆっくりできると思ったのに……」

透子は子供のように悲しげに、しくしくと泣いた。

「よしよし。けど、話を聞いてる限りだと、その高田さんって人、別にすごく悪い人ってわけじゃない気がするけどなあ」

「そんな……。だって、二言目には、自然、自然、って。私が無痛分娩で産んだのがバレたら、たぶん悪魔みたいに言われちゃうんじゃないかってすごく不安だった。それにあの人『産後すぐにこんなに甘やかされちゃったら、絶対にカンボでは育てられなくなっちゃうでしょ？』なんてひどいこと言うんだよ？」

透子は悲痛な声で言った。

「その言葉で、透子が傷ついたのはすごくわかる」

涼子は不思議な言い方をした。

「けど透子って、完全母乳で育てたい、って言ってたっけ？」

透子はうぐっと黙った。

「……本当は、そうしたかったんだと思う」

歯切れ悪く言った。

言われてみれば、ここへ来て高田さんのあの発言を聞くまでは、母乳とミルクの混合育児でまったく問題ないと思っていたはずだ。

けれど高田さんと話していると、急に今までの自分がすごく間違っているような気がしてきた。

出産の痛みに怯えていた自分や、両親ともに忙しいとわかっている実家に里帰りをさせてもらった自分、母乳とミルクの混合育児でいいと思っていた自分が、すごく駄目なお母さんで、ここを出たらもっともっと全身全霊で頑張らなくてはいけないような気がしてきたのだ。

「高田さん、朝ごはんのとき泣いてたんでしょ？　きっと今、人生でいちばんいっぱいいっぱいの瞬間だから、その人の発言については、まったく、一切、気にしないでいいと思うよ」

「まったく、一切、気にしないでって、そんなあ……」

「できることなら、全部忘れてあげて。私も高田さんと同じだったからわかるんだ」

「お姉ちゃんが高田さんと同じ、ってどういう意味？」

透子は怪訝な気持ちで訊いた。

「温かい朝ごはんを食べたら泣いちゃうくらいの状態、って意味」

涼子がふふっと笑った。

「それじゃわかんないよ。っていうか話がループしてる」

「正直、私自身もあのときのことって、よくわからないんだよね。ほんの五年前のことなのに、夢の中にいたみたいに記憶が曖昧で、断片的にしか覚えてないの」

「……変なの」

「そう、本当に変な感じだったよ」

電話の向こうで、涼子が何かを思い出そうとしているようなぼんやりした口調で言った。

「自宅に帰るのはもう決めたんだよね？」

「うん、信之くんも、今まさに実家から荷物を運んでくれているみたい」

信之も透子が急に自宅に戻ってくると言われて驚いていたけれど、実家と二人のマンションとは少しも遠くない距離なので、これからは両家を気軽に行き来するつもりだと思っているようだった。

「じゃあ、とりあえず頑張ろうか。信之さんにとっても、生後すぐの紗良ちゃんと過ごせるのはいい経験になるはずだし」

「……うん、頑張るね」

自分でも、突発的な行動だとはわかっていた。けれどこうして涼子にひとまずは前向きに応援してもらえると、ずいぶんと気持ちが上向きになった。

「私もなるべく顔を出したいと思っているけど、今ちょっと夫婦ともに仕事が忙しくて、これから半月くらいはちょっと難しいかもしれないなあ」

「大丈夫、大丈夫。またこうして、メールや電話で話を聞いてくれたら嬉しいよ」

「それはもちろんだけど……」

「それじゃ、またね。おやすみ。お姉ちゃんと話をしたらずいぶん気持ちが楽になった」

「ちょ、ちょっと待って。もしよかったら、みどり助産院に行ってみない？」

「助産院？　なんで？」

助産院というのは出産をする場所だという認識があった。今の透子にはもう必要ない。さらに高田さんが「次は、長野の山奥にある古民家助産院での出産に挑戦しようかと思っているんです。日本で一番、自然なお産ができると聞いたので」と言っていたのを思い出して、胃がきゅっと縮んだ。

「みどり助産院は、母乳外来専門の助産院なの。おっぱい先生が授乳と育児に関する相談に乗ってくれるから、きっと透子の助けになると思う」

8

みどり助産院に入ると、替えたばかりの新しい畳の匂いがした。

透子の実家にも、自宅にも、畳の部屋はない。

友人や信之と行った旅行では基本的にホテルに泊まっていたので、畳に触れる機会なんて、修学旅行で泊まった旅館や、神社やお寺のお堂くらいしかない。

それなのに清々しい畳の匂いに、どこかたまらなく懐かしい気持ちになった。

「待合室はこちらになります。まずは問診票に記入していただきますので、お荷物を置いて、お二人ともゆっくりくつろいでお待ちくださいね」

髪をひっつめのお団子にしてきびきび動く綺麗な若い女性は、看護師の田丸さおりさんと名乗った。

顔が小さくて手足が驚くほど長くて、おまけにただごとではなく姿勢がよいので、看護師さんというよりもバレリーナみたいな人だなあと思ったら、エプロンの下に着ている真っ白なTシャツの背に、チャコット、とプチプラコスメでも有名なバレエ用品のブランドのロゴが描かれていた。

やはり本格的にバレエをやっている人のようだ。

こんな素敵な体型、身のこなしになれるなら、私もいつの日か育児が少し楽になったら、大人向けのバレエ教室に通ってみたいなあ、と透子はぼんやり思った。

二間続きの和室の畳はまだ少し緑色がかっていて、しっかり磨かれて艶々している。

思わず透子は抱っこ紐を外して、紗良を畳の上に寝かせてみた。

紗良は不思議そうな顔で天井を見上げて、手足をぱたぱたと動かしている。

心なしかベビーベッドに横たわったときよりも、伸び伸びして気持ちよさそうに見えた。

「それではこちら、ご記入お願いいたします。紗良ちゃん、私が抱っこしていましょうか？」

さおりさんがクリップボードに挟まれた問診票を差し出した。

「いえ、大丈夫です。ここに寝かせておいてもいいですか？」

「もちろんです。朝倉さんと紗良ちゃんがいちばん過ごしやすい形にされてください」

さおりさんが頷いた。

「畳って、いいですね。子育てには最高ですね。紗良も気持ちよさそうです」

「気に入っていただけてよかったです。先月新しくしたばかりなので、草原みたいないい匂いがしますよね」

「草原……。そうですね」

確かにこの畳の匂いで胸に浮かぶのは、緑が輝く草原だ。

部屋を見回すと、窓の向こうに常緑樹の緑が溢れる。

耳を澄ますと、子供が一生懸命に弾《ひ》いているような、初心者用のピアノ練習曲が微かに流れていた。

　自宅から世田谷線で十五分の場所なのに、まるでどこか遠くに旅行に来たような気がした。

「先週まで、マザーズ茅ヶ崎にいらしたんですね。冬の湘南の海って透明ですごく綺麗なんですよね？　患者さんから聞いたことがあります」

　問診票を覗き込んださおりさんが、目を細めた。

　現在の育児の状況、という項目だ。

　透子は《先週木曜日まで、産後ケア施設のマザーズ茅ヶ崎に宿泊していました》と記入していた。

「マザーズ茅ヶ崎の利用者さんって、結構ここにいらしているんですか？」

　透子はペンを動かす手を止めて訊いた。

「ええ、何名かいらっしゃいますよ。産後ケア施設、最近とても人気がありますね」

「その人たちって、みんな大丈夫でしたか？」

「えっ？」

　さおりさんが不思議そうな顔をした。

「あの施設で、至れり尽くせり、何から何まで手伝ってもらったせいで、私みたいに……」

急に気持ちが暗くなった。

マザーズ茅ヶ崎から帰ってからの透子は、自分でも泣きたくなるくらいすべてがうまく行かなかった。

周囲を困惑させながら無理して自宅に帰ってみた途端、急に気が抜けたように夜の授乳とオムツ替えが辛く感じられるようになった。

常に家事をしなくてはいけないと思っているのに、二十四時間紗良のことを気にかけていなくてはと思うと、何かに没頭できる時間はまったくない。

夜遅くに帰宅した信之が、とんでもなく散らかったままの部屋に目を丸くしている顔を見ると、何か文句を言われたわけではないのに「もう嫌だ！」と頭を抱えたくなった。

さらに、母乳をあげてから足りない分をミルクで補う、というのは実はすごく面倒なことだと気付いた。

透子が慌ててミルクを調乳している間、紗良はひとりでずっと泣いている。もたもたしている間に紗良が諦めて眠ってしまったりすると、罪悪感に胸が張り裂けそうになった。

せっかく作ったミルクがほんの三分の一くらいしか飲んでもらえずに無駄になってしまうときもあった。

育児も、授乳も、マザーズ茅ヶ崎ではすべて全力でサポートをしてもらえていたせいで、帰ってからの生活との落差はとても辛かった。

自分ひとりで育児をしなくてはいけない、という体力的な辛さではない。たったひとりで育児をする不安、思うように行かないときの赤ちゃんへの罪悪感に耐えなくてはいけないという辛さだ。

「皆さん、大丈夫でしたよ。赤ちゃんたちもみんな元気に育っています」

にっこり微笑んださおりさんの言葉に、はっとした。

「そ、そうですよね。変なことを言ってすみません」

自分と同じようにうまく行かなかった人の話を聞きたい。むしろ、マザーズ茅ヶ崎に行ったのは大きな間違いだった、「これから本当に正しい育児の方法を教えます！」と言ってもらいたい。

そんな自分の心に潜んでいた気持ちをさおりさんに見透かされてしまったようで、透子は頬を熱くした。

「いえいえ、少しも変なことじゃありませんよ。えっと、母乳の分泌は、普通、っと。今は母乳とミルクとの混合で育てていらっしゃるんですね。これから先のご希望はありますか？」

問診票を見ながらさおりさんが訊いた。

「えっと、できれば完全母乳で育てたいな、と思っています」

「わかりました。できれば完全母乳をご希望、とのことですね」

さおりさんが問診票の余白にペンを走らせた。

「あ、えっと、待ってください！」

透子が前のめりに口を開くと、さおりさんがペンを動かす手を止めた。

「はいっ、待ちます」

さおりさんが真面目な顔で頷いた。

「できれば完全母乳、じゃなくて、できる限り完全母乳、に変更していただいてもいいですか？」

必死に言った。

「はい、わかりました。できる限り完全母乳、ですね。きちんと書き換えました」

透子の挙動不審な様子に少しも動じない、まっすぐなさおりさんの対応が嬉しかった。

「それでは、これからおっぱい先生がおっぱいのマッサージをさせていただきますね」

9

透子は上の服を脱いでおっぱいを丸出しにして、薄い布団の上に横になった。

畳の匂いを濃く感じた。

さおりさんが言ったとおり、草原のように爽やかだ。そして淹れたての緑茶のようにほっとする匂いだ。

「助産師の寄本律子と申します。それでは、おっぱいのマッサージを始めさせていただきます」

白衣姿の痩せた白髪の女性が深々と一礼してから、透子のおっぱいの上に温かい蒸しタオルを置いた。

不思議な人だ、と思った。

おっぱい先生――律子先生からは、女性同士だからこその親密さを少しも感じない。

同じ女性の身体を持って、おそらく妊娠出産という同じ体験をしているに違いないのに、〝仲間〟を感じさせる雰囲気が少しもない。

「おっぱいに触らせていただきますね」

律子先生が慎重な手つきでおっぱいに触れた。

痩せているのに、ふわふわに柔らかくて大きい手だ。

掌はうっとりするほど優しい感触なのに、律子先生の顔は冷たさを感じるほどの無表情だ。

ふいに透子は小学校高学年の頃、溝《どぶ》に落ちて、右脚を二十針縫う大怪我をしたときのことを思い出した。

通りすがりの人が慌てて呼んでくれた救急車で、少し遠くの総合病院に運ばれた。

そこで対応してくれたのは、若い女性の医師だった。

黒縁《くろぶち》眼鏡に、髪を後ろで一つに結んだその女性医師は、顔面蒼白で涙を浮かべている子供の透子を相手に、にこりとも笑ってくれなかった。

最初はすごく怖い人に見えた。「縫合《ほうごう》します」「麻酔を」「針は○番で」なんて恐ろしい言葉が矢継ぎ早に飛び交い、透子が恐怖で小刻みに震えて気絶しそうになっていたところで、女性医師が血まみれの足に触れた。

女性医師は傷口を確かめるように皮膚のあちこちに触れてから、消毒薬と脱脂綿《だっしめん》で傷を丁寧に洗浄した。

目の前に火花が散るような激痛が走った。しかしなぜか安心した。

私の身体は、この人に任せておけば大丈夫だ。自分では手に負えないほどひどく傷ついてしまった私の身体を、この人ならばきっと治してくれる。

そんなふうに思えた途端、あの女性医師がすごく怖い顔に見えたのは、ただ真剣な表情をしていただけなのだとわかった。

マスクから覗く律子先生の表情は、あのときの女性医師と同じだ。

感覚を研ぎ澄ませて、自分の知識と経験を照らし合わせて、目の前の患者の状態をできる限り正確に知ろうとしている人の顔だ。

透子は律子先生に安心して身を委ねた。

マッサージをされながら初めて、自分のおっぱいがまるで膿《う》んだニキビのように腫れて痛みを伴っていると気付いた。

律子先生はその痛みの元を、時間をかけて丁寧に揉み解していく。

「母乳の分泌はよいです」

律子先生が言った。

「ただ左右の分泌量に差があるので、左側のおっぱいからもなるべくあげるようにしてください」

「あー、確かに、今まで右側からばかりあげていました」

まるで寝惚《ねぼ》けているように眠そうな声を出してしまった。

「右利きのお母さんはそうなりやすいです。数分おきに授乳を中断して、左右に抱き直しておっぱいをあげるようにしてみてください」

「……わかりました。それをやってみます」

答えながら、眠くて眠くてまぶたが落ちそうになってしまう。

意識が遠のきかけたところで、はっと目を開ける。

「私、今からでも、完全母乳で育てることはできますか？」

——産後すぐにこんなに甘やかされちゃったら、絶対にカンボでは育てられなくなっちゃうでしょ？

マザーズ茅ケ崎で会った高田さんの言葉が、棘《とげ》のように胸に刺さり続けていた。

律子先生はしばらく黙ってから、

「もし紗良ちゃんがそうしたいようでしたら、できると思います」

と慎重に答えた。

「紗良が……ですか？」

「はい、紗良ちゃんのお気持ち次第です。授乳はお母さんと赤ちゃんとの共同作業です。いくらお母さんが完全母乳を希望しても、赤ちゃんが嫌ならばうまく行きません」

「でも、本当は完全母乳で育てるのがいちばんいいんですよね？　紗良が嫌だったらミルクでもいいよ、なんて甘やかしていたら……」

「甘やかしてあげても構わないと思います。赤ちゃんですから」

律子先生は淡々と答えた。

「それは朝倉さんご自身も同じです。朝倉さんは産後のお母さんなのですから、周囲に甘えてはいけないことなど何もありません」

律子先生の優しい言葉が胸に広がる。なのになぜか急に、うっと息が詰まった。

「私、もうじゅうぶんに自分のことを甘やかしています。先週まで、三泊四日でうんと高額な産後ケア施設、マザーズ茅ヶ崎に行っていたんです」

すごく恥ずかしいことを告白するつもりだった。

「はい、知っています。問診票を拝見しました」

律子先生は頷く。

「そこで二十四時間体制で、ミルクを作ってもらったり紗良を預かってもらったり、寝かしつけまで代わってもらって、三食豪華なご飯を食べて、岩盤浴やヘッドスパまで経験して、じゅうぶんすぎるくらい自分を甘やかしてきたんです。これ以上怠けたら、私、きっと……」

——私は駄目なお母さんかもしれない。

無痛分娩を選ぶと決めたときの罪悪感が胸に蘇った。

「素敵ですね。お話を聞いている限りでは、マザーズ茅ヶ崎というのは素晴らしい産後ケア施設だと思います」

「えっ？」

叱られると思っていた。

そんな無駄なお金をかけて無駄な贅沢をするなんて。今が赤ちゃんにとっていちばん大事な時期なのに、お母さんが育児を怠けたいなんて信じられない。

そんなふうに叱られると思っていた。

お母さんはもっと周囲に頼ってもいい。甘えてもいい。

産後鬱という言葉が注目されるようになってから、最近よく聞く言葉ではあった。けれど、それが具体的にどこまで許されるのか、どこを越えると急に「母親失格」になってしまうのか。透子にはその加減がぜんぜんわからなかった。

「す、すごく高額なんですよ。本当に目玉が飛び出そうになるくらい。それで、どこもかしこもぴかぴかで、高級ホテルみたいな内装なんです。廊下なんて大理石ですよ。このみどり助産院みたいにほっとする雰囲気とは、ぜんぜん違うんです」

いったい自分が何を言っているのかわからなくなってきた。

けれどなぜかずっと、胸に高田さんの顔が浮かぶ。

愛宕山病院で出産したという話、添加物を気にして険しい顔をしている姿、透子を見ると決して逃さないぞという勢いで突進してくるちょっと怖い笑顔、そして初めて出会ったときの、温かい朝ごはんを前にした高田さんの泣き顔。

「いいですね。私も大理石の廊下には憧れます」

律子先生は取り付く島もない。

「そんな、この助産院が大理石の廊下になったら嫌です！」

天井を見つめたまま声を上げた。

律子先生が、静かにマッサージをする手を止めた。

「私、マザーズ茅ヶ崎に行ったことを後悔しているんです。それに紗良を無痛分娩で産んだことも、陣痛促進剤を使ってしまったことも、ミルクをあげてしまったことも。自分が楽をするためにやったことを、ぜんぶぜんぶ後悔しているんです。だからこれからは、紗良のためにどんな辛いことでも頑張ってやらなくちゃって、そうじゃないとお母さんとして失格だ、って思っているんです！」

涙が溢れ出た。

「だから、せめて完全母乳で育てられるようになりたいんです。ひとつでいいから、お母さんとして胸を張れることがしたいんです！」

そうだ、私はそんなに強くない。

無痛分娩を否定する意見が怖くて、久しぶりに会った千佳が無痛分娩で産むと知ったときはすごく安心した。けれど出産の痛みについての考え方がほんの少し違うとわかっただけで、裏切られたような大きなショックを受けた。

あれから妊娠中に千佳に何度かランチに誘ってもらったのに、体調を理由に断ってしまった。産後も、お互い無事に出産したという簡単なお祝いのメッセージをやり取りしただけだ。

マザーズ茅ヶ崎で至れり尽くせりの生活をしながらも、こんなに楽をしてもいいんだろうかとずっと後ろめたかった。同じようにリフレッシュにやってきた高田さんが、実は自然な形での育児を大切にしていることがひどく気になって、それを選ばない自分が責められているような気持ちになって疲れ切ってしまった。

お姉ちゃんが電話で言ったとおり、高田さんは「別にすごく悪い人ってわけじゃない」。千佳だってもちろんそうだ。二人とも悪意なんて微塵もなかったはずだ。

悪いのはきっと私だ。お母さんになったはずなのに、いろんな人の言葉にいちいち傷ついて、いちいち振り回されてしまっている私だ。

律子先生はしばらく黙っていた。

「ありがちな答えで申し訳ありませんが、育児に正解はありません」

律子先生がゆっくり考えつつ言った。

「私は、親が子供の幸せを願ってしてあげたいと思うことは、基本的にすべてよいことだと思っています。もちろん、医学的な観点から見て注意が必要な場合にはためらわず介入します。ですがそれ以外では、意見が正反対に分かれるようなことであったとしても、どちらも正しいと思っています」

「でも、私が考えていたのは、子供じゃなくて自分のことばかりです……」

出産の痛みが怖くてたまらなかった。産後にひとりになるのが嫌だったから、豪華な施設でサポートをしてもらおうと思った。そのどれもが、紗良ではなく私の気持ちだ。

「子供が育つためには、必ず保護者が必要です。生活の世話をしてくれて、ひとりで生きる術《すべ》を教えてくれて、抱え切れないほどの愛情を注いでくれる存在が必要です。つまりお母さんが心身ともに健康でいるように努《つと》めるのは、子供のためでもあります。朝倉さんが自分を大切にすることは、紗良ちゃんにとって大事なことです」

律子先生はきっぱりと言った。

「そして子供を育てるというのは、常に自分の選んだ道が正しかったかどうかという心配をし続けることだと思います。誰かと育児について話をすると、自分はこれでよかったのだろうかと不安になるのは、この助産院にいらっしゃるすべてのお母さんに通じることのように思えます」

「その心配っていつまで続くんでしょうか？」

透子は悲痛な声で訊いた。

「おそらくずっと、です」

「……それって、本当に大変ですね」

「大変です。けれど、自分の選んだ道が正しかったかどうかを少しも心配していない、自信たっぷりの親、というのは、言葉にしてみるとあまりよくは聞こえないと思いませんか？」

律子先生の目が微かに笑った。

「……確かに、押しつけがましくて怖そうなイメージです」

「心配、不安というのは、人の親として生きる上で、とても大事なことなのではないでしょうか。人の意見が気になって悩んでしまうのは、親として『絶対に私が正しい！』と傲《ごう》慢《まん》になっていないことの証《あかし》でもあります」

――なるほど。

そう言われると少し気が楽になるように思えた。

自分の選択が正しいか不安になりすぎるあまり、他のお母さんの選んだことを否定するような言葉を零してしまう人の気持ちが、わかるような気がした。

みんな私と同じように不安でたまらないから、自分の選んだ道が赤ちゃんにとって正しいかどうか心配でたまらないから、身体や心がふと緩んだ瞬間に、思わずそんな言葉を発してしまうのだろう。

「先生もそうでしたか？」

透子は縋るように訊いた。

こんな不安を、心配をずっと抱えて子育てをしていましたか？

「私に子供はいません」

「えっ？」

呆気に取られた。

「ほ、ほんとうに、妊娠出産も、育児もされたことがないんですか？」

「妊娠出産の経験は一度だけあります。ですがそのときの赤ちゃんは残念ながら死産だったので、自分の子を育てた経験はありません」

透子は息を呑んだ。

「や、やだ。ごめんなさい。本当に失礼なことを……」

「朝倉さんの質問は、助産院という場においては少しも失礼なことではありません。私も事実をそのまま答えただけです」

律子先生がマスク越しに小さく笑った。

「私には子供はいません。だからこそ見えること、わかることがあるのかどうかさえ、自分自身ではわかりません」

律子先生が透子をまっすぐに見た。

「ただ、ここへいらっしゃるお母さんたちは皆、不安でいっぱいです。自分の選択が正しかったのか、赤ちゃんが健康に幸せに成長できるのか、いつも心配しています。そしてその不安いっぱいのお母さんの元で、赤ちゃんはどこまでも可愛く、すくすく大きく育っています。私はそんな姿を、ずっと目にしてきました」

10

みどり助産院の待合室に、さおりさんの囁くような鼻歌が響く。

胸に抱かれた紗良は目を見開いてさおりさんの顔を見つめて、歌声に耳を澄ましている
ように見えた。
「その曲、チャイコフスキーの『花のワルツ』ですよね。大好きな曲なんです。以前招待
券をもらったコンサートでオーケストラ演奏を聴く機会があって、すごく感動して踊り出
したくなりました」
　服を着た透子は、髪を直しながら言った。
『花のワルツ』は、色とりどりの花が咲き誇る草原に朝の光が差して、蝶がひらひらと舞
うような、壮大で美しい曲だ。
　メロディが少しずつ盛り上がっていって、迎えたクライマックスでは空に飛び立つよう
な解放感を覚える。
「朝倉さん、バレエを習っていらしたんですか？」
　さおりさんが親しげに訊いた。
「いえ、まさか。バレエの経験なんてまったくありません。なのに〝踊り出したくなっ
た〟って変な表現ですよね」
　透子は目を丸くして首を振った。
「いいえ、少しも変じゃありませんよ。『花のワルツ』は、バレエを習っている小さな子

が発表会で踊ることがとても多い曲なんです。ワルツ、という名前のとおり、まさに踊り出したくなるような、そんな曲です」

「そうなんですね。じゃあ私って、結構センスがあるのかもしれないですね」

「はい、きっとそうです」

そんな他愛もない話でさおりさんと笑い合ってから、花束のような手つきで抱かれた紗良を受け取った。

さおりさんの身体がずいぶん緊張していると気付く。

今この瞬間に、たとえ予期せぬ天変地異があったとしても決して紗良を傷つけない、という固い意志が伝わるような慎重な仕草だ。

透子の腕よりもはるかに細いのに、細部まで神経が研ぎ澄まされたさおりさんの筋肉質な腕の感触が伝わった。

「さおりさんは、バレエをずっとやっていらしたんですか?」

「はい、ずっと、ずーっとやっていました。諸事情でここ数年はお休みしていましたが、つい最近、再開したんです。チケット制のオープンスクールだからのんびり自分のペースで通えるので、とても気楽で楽しいです。ちなみにバレエレッスン用のTシャツって、すごく伸縮性があるので仕事着にもぴったりなんですよ」

さおりさんはTシャツのロゴを、こちらに見せた。

「本当はもう踊ることはないかなと思っていたんですが。テレビですごく素敵な人のバレエを目にしたら、急に居ても立ってもいられなくて踊り出したくなっちゃったんです」

「『花のワルツ』を聴いたときの私と同じですね。急に踊り出したくなるときって、ありますよね」

「あります。ときどき手足をうんと広げて、ぱーって飛び上がりたくなりますよね」

紗良は真剣な表情で、二人の会話を聞いている。

透子はさおりさんと顔を見合わせて笑った。

「今日はお世話になりました。本当にありがとうございます」

「お大事になさってくださいね。次の予約は、来週の同じ曜日ですね。それまでの間に紗良ちゃんのことでも、朝倉さん自身のことでも何か困ったことがありましたら、いつでもお電話くださいね」

「はい、そうさせていただきます」

いつでもお電話くださいね。

今の自分にそう言ってくれる場所があるというだけで、心強かった。

ふいに、マナーモードにしているスマホの震える音が聞こえた。

メッセージが届いたのだろう、と外に出てから確認しようと思ったが、スマホは鳴り止まない。通話の着信だ。

「ん？」

透子はみどり助産院の待合室の壁に掛かった時計を見た。今は平日の朝十時半だ。透子の両親も、夫も、姉も、みんな仕事で猛烈に忙しく駆け回っているはずの時間だ。こんな中途半端な時間に、いったい誰が何の用事だろう。

「すみません、こちらを失礼してから電話に出ますね」

このまま無視しているのも変なので、さおりさんに謝りながら、怪訝な面持ちでリュックのポケットからスマホを取り出す。

「えっ？」

表示されているのは千佳の名前だ。千佳とは再会してから一度も電話で話したことなんてない。

「今は他に誰もいらっしゃいませんので、ここでお電話に出ていただいて大丈夫ですよ」

さおりさんが透子を安心させようとするように優しく言った。

透子はよほど不審げな顔をしていたのだろう。

「すみません。私より二ヶ月早くに出産した友人なんです。今まで電話で話したことはなかったんですが……」

「どうぞ、どうぞ」

さおりさんに促されるようにして透子はスマホを耳に当てた。

「透子、助けて！　もう、どうしたらいいかわからないの！」

スマホのスピーカーの向こうから悲痛な大声が響いた。千佳の背後で、赤ちゃんが猛烈な激しさで泣き喚いている声が聞こえてくる。

「うちの子、全然おっぱいを飲んでくれないの。さらにミルクも嫌がってスプーンでしか飲まないの！　一回の授乳に一時間以上かかるんだよ。ありえないでしょ？　それに夜中に三十回くらい起きて、私のことを一切寝かせてくれないの！」

「だ、旦那さんは今、どうしてるの？」

裏返った声で訊いた。

普段の千佳からは想像できない取り乱し方だ。

「旦那なんか知らない！　今日、出がけに飲み会があって帰りが遅くなるって言われたから、私が泣き叫んでマンションのエントランスまで追いかけていって大喧嘩した！　それからもう、我が子のお世話をしながらずっと泣いてる……」

透子がちらりと目を向けると、さおりさんが真剣な顔で、《本日、みどり助産院は予約に余裕があります》と綺麗な字で書いたメモを透子に見せていた。

千佳が泣きながら続ける。

「透子、急にごめんね。平日のこんな時間に電話に出てくれそうな人って透子しか思いつかなかったから、思わず電話しちゃったの。仕事をしている最中の人にいきなりこんな電話なんてかけられないから……」

えええー、と思う。私だって暇じゃないよ、紗良のお世話で忙しいんだよ、と言いたくなってしまう。

――けれど。

けれどきっと千佳も不安でいっぱいで、少しも余裕がない。今の私とまったく同じように。

透子は微笑んで、小さく息を吐いた。

「ぜんぜん平気だよ。電話をしてくれてありがとう」

「透子、優しすぎる……。本当にごめんね、ありがとう」

「いいの、いいの」

話しているうちに、千佳は少し落ち着いてきたようだ。

「私、どうしたらいいのかなあ？　我が子のお世話、何をしてもうまく行かなくて、辛くて辛くて仕方ないの」

スマホの向こうから、心細くてたまらないというような悲しげな声が聞こえる。

「えっと……」

透子はスマホを耳に当てたまま、天井に視線を巡らせた。

――すぐにみどり助産院に来て！

力強い声でそう言いたい。

――みどり助産院に来れば、千佳の悩みはすべて必ず解決するよ！　絶対に大丈夫！

律子先生は最高のおっぱい先生だから！

そう言いたくてたまらない。

――けれど。

透子はさおりさんに向かってゆっくり頷いた。

大きく息を吸う。

「千佳、私も同じだよ。私も、何をしてもうまく行かないよ。せっかく赤ちゃんが生まれて幸せでたまらない日々が始まるはずだったのに、辛くて辛くて仕方なかったんだ」

千佳がはっと息を呑む気配が伝わった。

「だから今日、姉が教えてくれた母乳外来専門の助産院に行ってみたんだ」

「母乳外来専門の助産院？　それってどこにあるの？　どうだった？」

喰いつく、という表現がぴったりの前のめりな口調で千佳が訊いた。

「世田谷線上町駅を降りてすぐのところだよ。私は……」

すごく、と言おうとして言葉を切った。

ゆっくり何度か呼吸をする。

「少し楽になることができたと思う」

慎重に言葉を選んでそう言った。

「もしも興味があったら、そのみどり助産院の電話番号を教えるから、電話してみて」

「ありがとう……」

電話番号を伝えてから、透子は最後に付け加えた。

「あと、もしもよかったら、また私に電話してね。千佳の声を聞けて嬉しかった。お互いの赤ちゃんが少し大きくなったら、また一緒にランチしよう。一緒に育児をしよう」

ちゃんと口に出すことができた。

「……うん。そう言ってくれて嬉しい。ごめんね」

千佳は、透子が出産した尾山台バースクリニックが千佳の出産した病院とは無痛分娩のやり方が違うことを、後から知ったのかもしれない、と透子はちらりと思った。

電話を切ると、さおりさんが「お疲れさまでした」と部活の先輩にするような口調で爽やかに言った。

「私が今、まさにみどり助産院の待合室にいる、って伝えてあげたほうがよかったんでしょうか」

「いいえ、そのくらいの距離感でばっちりです」

さおりさんの言い方に、思わず噴き出してしまった。

「それじゃあ、改めて、今日はありがとうございました」

「はい、また来週お待ちしています。律子先生、朝倉さんがお帰りになります」

「律子先生、ありがとうございました」

奥の部屋で書類の整理をしていた律子先生に声をかけると、律子先生は目だけをこちらに向けて、

「少し楽になっていただけたようでよかったです」

と言った。

そのとき、みどり助産院の電話が鳴った。

あっ、と思う。

着信音に使われているメロディは『花のワルツ』だ。古い電話機の少々間が抜けた単音

だけれど、あの爽やかなメロディが待合室に響く。

——踊り出したくなりました。

そんな自分の言葉を思い出したら、身体がほんの少し軽くなった気がした。

「はい、みどり助産院です」

さおりさんが電話に出ると、受話器の向こうから千佳の不安げな声が漏れ聞こえてきた。

「それでは、失礼します」

透子は聞こえない程度の声で囁いて、さおりさんと律子先生にもう一度会釈《えしゃく》をして廊下に出た。

「はいっ。今日いますぐ、大丈夫ですよ。あ、くれぐれも慌てず、急がずにお越しくださいね」

さおりさんがはきはきと応じる声が聞こえる。

透子は紗良を抱いて玄関のドアを開け、外へ出た。

蔦の葉がさらさらと鳴った。まだ午前中の外の光が寝不足の目に眩しかった。

——千佳、頑張れ。一緒に頑張ろう。

透子は胸の中で力強い声で言った。

エピローグ

今日はみどり助産院の二間続きの和室に、ひのき無垢《むく》のお洒落なローテーブルが出ている。

律子先生がずいぶん昔に住んでいた家に合わせて買ったというローテーブルは、実は角がひやりとするほど尖っているので、ここに赤ちゃんとお母さんがいるときは出すことができない。

テーブルの上には箱に入った大きなピザが二つも並んでいて、ポテトやオニオンリング、ポップコーンシュリンプにチキンが、ビールの缶やコーラのペットボトルと一緒に並んでいた。

「お疲れさま。今年も、何とかみんな無事に生き延びましたね」

喉を鳴らしてビールを飲んでいるのは、区の保健センターで働く保健師の山本さんだ。

五十代半ばの山本さんは、ウルトラマンの目元を思わせる尖った黒縁の眼鏡に、大きなゴールドのフープピアス、イッセイミヤケのネオンイエローのプリーツのセットアップというファッションだ。指には、王冠を頭に載せたナマケモノ、という一度見たら忘れられない不思議なモチーフの大きなリングをしている。

山本さんがみどり助産院に遊びに来ると、お祝いの花束がどーんと置かれたように見える。どんな派手な服でも堂々と着こなしてしまう、明るい笑顔の人だ。

初めて休日に会ったときは、保健センターで赤ちゃん訪問の仕事をしている最中の、いかにも優しそうで古典的な中年女性らしい姿との違いにすごく驚いた。けれどさおりは、どちらの山本さんもとても魅力的だと思う。

山本さんと律子先生はコロナ禍が始まった頃に仕事を通じて知り合って、今ではこうして年に数回「飲み会」をするほど仲がいい。

「ええ、とにかく皆さんが無事で生き延びてくれること。それが何より大事なことです」

律子先生はいつもの真面目な口調で答えて、山本さんと同じようにビールを美味しそうに飲んだ。

「そして私たちも、ね。来年も健康第一に、元気で頑張りましょう」

山本さんが微笑んで、皆を見回す。

大口を開けて照り焼きチキンピザを頬張っていたさおりは、「はいっ！」と慌てて大きく頷いた。

「美味しそうに食べるわねえ。それ、私にも取ってもらえる？」

「はい、もちろんです。とっても美味しいですよ」

さおりは山本さんの紙皿に、いちばん大きなピザを一切れ載せた。

「ありがとう。この齢《とし》でひとり暮らしだと、こういういかにも身体に悪そうなものって、実は食べる機会がまったくないのよ。家では納豆ご飯に野菜のお味噌汁とか、そんな質素で地味なものばかり。久しぶりに食べると美味しいのよねえ」

山本さんが目を細めてピザを齧《かじ》った。

「確かに、パーティの味がして気持ちが華やぎますね」

律子先生が、一口食べるごとにピザをしげしげと眺めながら言った。

山本さんは、職場から少し離れたところでひとり暮らしをしている。

結婚をしたことがあるのか、妊娠出産の経験があるのか、さおりは訊いたことがないし、これからも話題にするつもりはない。もちろん律子先生も何も話してくれない。

「そういえば井上真由美さん、年明けに退院の予定みたい。旦那さんによると、まだ主治医からそういう話が出た、という段階みたいですけどね。退院の日程が決まったら、すぐこちらに連絡しますね」

山本さんの口から出た、井上さん、という言葉に、さおりははっとした。

深刻な産後鬱で、精神科に入院して治療をすることになったお母さんだ。

「年明けですか。美咲ちゃんにとっての初めての年末年始、きっと井上さんは家に帰って美咲ちゃんと一緒に過ごしたかったでしょう」

律子先生が呟いた。

「確かに……」

さおりが井上さんを気の毒に思って目を伏せようとしたところで、律子先生が、

「その気持ちを抑えてご自身の療養に専念されているのは、本当に立派なことですね」

と続けた。

「静岡のご両親が頻繁に東京へ来て、美咲ちゃんのお世話にかなり協力してくれています。それに旦那さんも、初めの頃と比べてずいぶん深刻さを理解してくれていますよ。職場と掛け合って、井上さんが退院したら週に一度はリモートワークにできるように交渉したみたいです」

「それはよいことですね。たとえ勤務時間中は育児に参加できなくても、ただ家の中に別の大人の気配がある、本当に困ったことがあったら助けてもらうことができる、という事実だけで、井上さんには心強いはずです」

律子先生と山本さんは頷き合った。

さおりの胸に、井上さんの顔が浮かぶ。

記憶の中の井上さんは、とても不安そうで痛みに必死に耐えているように見えた。けれど、なぜかその身に纏《まと》う雰囲気はとても優しい姿として記憶に残っていた。

「旦那さんには、今でも口を酸っぱくして言っていますよ。『退院して治療が終わったら終わりじゃないんですよ。ここからが始まりなんですよ』ってね。きっと私、うるさいお節介おばさんだと思われて煙たがられていますよ」

「山本さんの言うとおりです。井上さんにも周囲の方々にも、そして美咲ちゃんにとっても、ここからが家族の始まりです」

律子先生がピザを頬張りながら、背筋を伸ばした。

――家族の始まり。

その瞬間に立ち会うことができるこの仕事は、やはり楽しい。

誰かを助けたい、力になりたいと思うと、急に力が湧いてくる気がする。

初めて広がる世界へ向かって必死に一歩を踏み出す赤ちゃんとお母さんを前にすると、自分のちっぽけさや情けなさなんて考えている場合ではなくなる。

「さおりさん、もっと食べてください。まだまだあります」

律子先生がさおりの紙皿に目を向けた。

「はいっ、まだまだいただきます！」

律子先生が取ってくれたサラミとマッシュルームのペパロニピザを、勢いよく齧った。

悲鳴を上げるほど味が濃くて、トマトソースが酸っぱくて、サラミのスパイスがぴりっと効いて、これぞピザ！ と拍手したくなるような味わいだ。

「美味しいですね。すごく幸せです」

天井から下がるテディベアが手をつないだガーランドを見上げながら、さおりはうっとりと目を細めた。

解説

斎藤美奈子《さいとうみなこ》
（文芸評論家）

子育ては女性の天職、という認識は今も根強くのこっています。「だって母乳をあげられるのは母親だけじゃん」てなことを当然のようにいう人もいる。しかし歴史をさかのぼれば、母親だけが育児を担《にな》っていたわけでもありません。

近世までの日本には「乳母《うば》」という制度があり、とりわけ貴族や武家では、母親以外が授乳を、あるいは育児全般を担当するのが一般的でした（日本だけでなく、こうした制度は世界共通のものでした）。この習慣は明治期になると中産階級にも広がり、文学作品などにもよく「大好きな乳母」が登場します。子どもを過保護に育てることを「乳母日傘《おんばひがさ》」と呼ぶのもその名残でしょう。また、庶民すなわち農家や商家においては女性も貴重な労働力だったので、子育ては共同体全体で担うものでしたし、もろもろの事情で子どもを他家に預ける「里子」も珍しくありませんでした。

よくも悪くも多様だった子育ての方法がひとつの方向に収斂《しゅうれん》され、子どもは実母が育てるもの、という思想が定着したのは、女学校制度が整い、良妻賢母教育がスタートした明治末期といわれます。大正に入ると「母性」「母性愛」といった言葉がしきりに喧伝《けんでん》されるようになり、戦後、ここに産業社会の要請による「男は仕事・女は家庭」という性別役割分業家族（近代家族ともいいます）の増加が加わって、母性神話（女性には生まれつき母性本能が備わっている）や三歳児神話（子どもが三歳になるまでは母親が育児に専念すべき）が形づくられていったと考えられます。

共働き家庭が一般化し、男性の育休取得が推奨される今日でも、昭和から連綿と続く、こうした意識は完全には払拭《ふっしょく》されていません。そのせいで「私はだめな母親ではないか」「母親失格なのではないか」と悩む女性の多いこと！

さて、本書『世田谷みどり助産院　陽だまりの庭』はそんな悩める母親たちへの福音《ふくいん》の書となるだけでなく、今日の子育て事情についても考えさせる連作短編集です。前作『世田谷みどり助産院』（『おっぱい先生』を改題）の続編ですが、本作だけでも、あるいは本作の後に正編をお読みになっても、十分楽しめるでしょう。

物語の舞台となる「みどり助産院」は母乳外来専門の助産院。助産師の「おっぱい先生」こと寄本律子《よりもとりつこ》先生と、新米看護師の田丸《たまる》さおりが常駐しています。ここにさまざまな悩みを抱えた新米ママが駆け込んでくる。しかし律子先生は見抜きます。授乳にまつわるSOSの背後には、別の要因が隠れていることを。

「第一話　おっぱいが足りない？」の主人公・井上真由美《いのうえまゆみ》は四〇歳。三週間前に娘の美咲《みさき》を出産しました。コロナ禍《か》でテレワークとなった夫がずっと家にいたのは幸いでしたが、コロナ禍が明けると夫は出張続きとなり、真由美は追い詰められていきます。おなかは痛いし、娘はおっぱいを飲んでくれない。新生児訪問の際に渡されたアンケートの「自分自身を傷つけるという考えが浮かんできた」という質問への答えとして「はい、かなりしばしばそうだった」に〇をつけてしまった真由美。きれい好きで几帳面《きちょうめん》、夫にも父母にも助けてほしいと言えない真由美をおそっていたのは産後鬱《うつ》だった。

「第二話　おっぱいと『イクメン』」は夫と育児をどうシェアするかという課題にヒントを与えてくれる作品です。奥寺梓《おくでらあずさ》は四三歳。IT企業に勤めるバリキャリ女性です。この年齢で年単位の産休、育休を取れば昇進に響くと思いながらも、覚悟を決めて出産に踏み切った梓。育休を取った夫と育児をシェアするに際し、夜間は夫、それ以外は梓がメインでというルールを決めたのはよかったものの、言い争いが増え、二人の間にはしだいに溝ができていきます。ついに声を荒らげて「わかった、もう何もしなくていい！」と夫に言い放った梓に対する、律子先生のアドバイスは……。

「第三話　おっぱいが飲めない」に登場するのは、絵に描いたような美男美女、パイロットとCAのカップルです。主人公の青山有希《あおやまゆき》はまだ二十代。非正規雇用者とはいえ仕事は楽しく、産後は職場復帰するつもりでいました。ところが出産後、思いもよらなかった事態に二人は直面します。わが子にはダウン症の疑いがあった。生後二ヶ月になっても、有希は恐くて染色体検査の結果を病院に聞きに行けません。ネット上には経験者の声とともに、有象無象《うぞうむぞう》の心ない書き込みがあふれている。有希は考えます。私は一生「障害児の母親」でいなければならないのだろうか。

「第四話　おっぱいをどうする」の主人公・朝倉透子《あさくらとうこ》は、無痛分娩《ぶんべん》で（楽して？）出産したうしろめたさを抱えています。妊娠中、同じく無痛分娩で出産する予定だという友人の話を聞いてほっとしたものの、よく聞けば、それは透子の病院とはちがった方法らしい。出産後、休息のつもりで湘南《しょうなん》の産後ケア施設に宿泊した透子は、そこで再び劣等感にさいなまれます。施設で会った女性は水中出産の体験を自慢げに語り、二言目には、自然、自然と連呼する。しかも至れり尽くせりの施設生活を体験したせいで、家に帰った後は、授乳もオムツ替えも辛《つら》くなってしまった。これでは母親失格だ！

本書に出てくる人たちは、みな恵まれた階層に属しています。経済的に困窮してもいないし、シングルマザーでもない。完璧ではないまでも、夫はみんな経済力があり、理解もあって協力的。妻や子どもに暴力を振るうわけでもなく、育児に無関心なわけでもなく、世間的には十分合格点が出るでしょう。この上、何が不満なの？　おっぱいが出ないくらいでガタガタ言わないでよ！　とドヤされそう。

ですが、世間的には恵まれた環境にいるからこそ、彼女たちは孤独なんですよね。誰も同情してくれないし、親身にもなってくれない。私の悩みは小さな悩み。世の中にはもっと大変な人がたくさんいる。だから私も頑張らなくては……。（第三話の有希だけは少し違った事情を抱えていますが）それが彼女たちの共通点です。

保育園には〇歳児保育もありますが、子どもが生後五十七日（約二ヶ月）以上になるまでは預かってもらえない。生後四週間までの新生児と向き合う期間が、母親にとってはもっとも孤独な時期かもしれません。みどり助産院と出会い、律子先生の温かい言葉とマッサージにふれて、彼女たちが一様に涙ぐむのがその証拠。この短編集の、あるいは母乳外来専門の助産院の存在意義は、母乳育児中の人以外には理解されにくい、しかし当事者にとっては切実な悩みに、とことん寄り添う点にあるといえましょう。

それにしても、現代の新米ママたちの「完全母乳（完母《かんぼ》）」信仰の強さには、いささかたじろぐものがあります。たしかにＷＨＯは生後六ヶ月までの完全母乳を推奨してはいますが、それが一種の呪縛となって、若い母親たちを縛っている。

もうひとつ、現代ならではの呪縛というべきは、ＳＮＳを含むインターネット情報です。かつては育児書や育児雑誌だった情報源がネットにかわり、アクセスのしやすさは上がった半面、そこには心を乱す有害な言説も含まれている。

律子先生はしかし、こうした現代の信仰や呪縛に適切な解を与えていきます。ふわっとした「おっぱい先生」という呼称にそぐわぬ颯爽《さっそう》たるたたずまい、悩める母親たちとの絶妙な距離感。そしてホレボレするような助言の数々。

「井上さんに今必要なことは休息です。何も頑張ってはいけません」。「まずはチームとしての統制が必要です。チームにはリーダーの役割をする人が不可欠です」。「ネットは駄目です。（略）人の命が関わる局面で使うべきではありません。不安な気持ちになっているときは〝正確な情報〟が何より大切です」。「心配、不安というのは、人の親として生きる上で、とても大事なことなのではないでしょうか」

律子先生の一言一言は、訪れた母たちの思い込みを断ち切ると同時に、私たち読者の予想も軽々と超えていきます。本書の最大の魅力はやはり、この律子先生の存在感にあるといっていいでしょう。彼女の言葉は、母親としての経験則ではなく、プロとしての知見と合理的な判断に裏打ちされている。そこがステキ。バレリーナへの道に挫折《ざせつ》した看護師の田丸さおりとの名コンビぶりも心温まるものがあります。

女性が育児のすべてを担う時代から、夫婦が家事も育児も分担する時代へ、そして子どもを社会全体がみる時代へと、流れは変わりつつあります。しかし、今のところはまだ過渡期ですし、いかに育児の共同参画や社会化が進んでも、妊娠出産と授乳だけは女性の負担としてのこります。それを負担でなくするにはどうするか。みどり助産院は、じつは大きな課題を解決するための前線基地かもしれません。

妊娠でも出産でも子育て一般でもなく「おっぱい」に特化している点で、本書は一見、狭いテーマを扱った特異な短編集に見えますが、ほんとはその逆。辛くても今まで表だって「辛い」といえなかった悩みを顕在化させたのがこの本です。子どもを持たない人、子育てを卒業した人、そして男性にこそ読んでほしい作品です。

謝辞

この作品を執筆するにあたり、内藤晶子さん、助産師の氷見知子先生にご協力をいただきました。

たくさんの貴重なお話を、本当にありがとうございます。

なお、作中に誤りがある場合は、すべて筆者の力不足、勉強不足によるものです。

扉・目次デザイン　鈴木久美

光文社文庫

文庫書下ろし
世《せ》田《たが》谷《や》みどり助産院《じょさんいん》　陽《ひ》だまりの庭《にわ》
著　者　泉《いずみ》　ゆたか

2025年4月20日　初版1刷発行

発行者　三宅貴久
印　刷　堀内印刷
製　本　フォーネット社

発行所　株式会社　光文社
〒112-8011　東京都文京区音羽1-16-6
電話　(03)5395-8147　編集部
8116　書籍販売部
8125　制作部

ISBN978-4-334-10610-2　Printed in Japan

組版　萩原印刷

光文社文庫最新刊

Jミステリー2025 SPRING	光文社文庫編集部・編
19歳 一家四人惨殺犯の告白 完結版	永瀬隼介《しゅんすけ》
木戸芸者らん探偵帳	仲野ワタリ
忍者 服部半蔵 光文社文庫 歴史時代小説プレミアム	戸部《とべ》新十郎《しんじゅうろう》
父子《おやこ》桜 春風捕物帖㈡	岡本さとる